Venus im Morgen

Bruno Ertler

Impressum

Autor: Bruno Ertler
Umschlagkonzept: toepferschumann, Berlin

Verlag: tradition GmbH, Hamburg
ISBN: 978-3-8424-0439-7
Printed in Germany

Ziel der TREDITION CLASSICS ist es, tausende deutsch- und
fremdsprachige Klassiker wieder in Buchform verfügbar zu
machen. Die Werke wurden eingescannt und digitalisiert. Dadurch
können etwaige Fehler nicht komplett ausgeschlossen werden.
Unsere Kooperationspartner und wir von tradition versuchen, die
Werke bestmöglich zu bearbeiten. Sollten Sie trotzdem einen Fehler
finden, bitten wir diesen zu entschuldigen. Die Rechtschreibung der
Originalausgabe wurde unverändert übernommen. Daher können
sich hinsichtlich der Schreibweise Widersprüche zu der heutigen
Rechtschreibung ergeben.

Tucholsky Wagner Zola Scott Sydow Freud Schlegel

Turgenev Fonatne Wallace

Twain Walther von der Vogelweide Fouqué Friedrich II. von Preußen

Weber Freiligrath Frey

Fechner Weiße Rose Kant Ernst Frommel

Fichte von Fallersleben Richthofen

Engels Fielding Hölderlin Dumas

Fehrs Faber Flaubert Eichendorff Tacitus

Feuerbach Maximilian I. von Habsburg Fock Eliasberg Zweig Ebner Eschenbach

Ewald Eliot Vergil

Goethe Elisabeth von Österreich London

Mendelssohn Balzac Shakespeare Dostojewski Ganghofer

Trackl Lichtenberg Rathenau Doyle Gjellerup

Mommsen Stevenson Tolstoi Hambruch Droste-Hülshoff

Thoma Lenz Hanrieder

Dach von Arnim Hägele Hauff Humboldt

Reuter Verne Hagen Hauptmann Gautier

Karrillon Garschin Rousseau

Damaschke Defoe Hebbel Baudelaire

Descartes Hegel Kussmaul Herder

Wolfram von Eschenbach Dickens Schopenhauer

Bronner Darwin Melville Grimm Jerome Rilke George

Campe Horváth Aristoteles Bebel Proust

Bismarck Vigny Barlach Voltaire Federer Herodot

Gengenbach Heine

Storm Casanova Tersteegen Grillparzer Georgy

Chamberlain Lessing Langbein Gilm Gryphius

Brentano Lafontaine

Strachwitz Claudius Schiller Kralik Iffland Sokrates

Katharina II. von Rußland Bellamy Schilling

Gerstäcker Raabe Gibbon Tschechow

Löns Hesse Hoffmann Gogol Wilde Vulpius

Luther Heym Hofmannsthal Morgenstern Gleim

Roth Heyse Klopstock Klee Hölty Kleist Goedicke

Luxemburg Puschkin Homer Mörike

Machiavelli La Roche Horaz Musil

Navarra Aurel Musset Kierkegaard Kraft Kraus

Nestroy Marie de France Lamprecht Kind Kirchhoff Hugo Moltke

Nietzsche Nansen Laotse Ipsen Liebknecht

Marx Ringelnatz

von Ossietzky Lassalle Gorki Klett Leibniz

May vom Stein Lawrence Irving

Petalozzi Platon Knigge

Sachs Pückler Michelangelo Kafka

Poe Liebermann Kock

de Sade Praetorius Mistral Zetkin Korolenko

Der Verlag tredition aus Hamburg veröffentlicht in der Reihe **TREDITION CLASSICS** Werke aus mehr als zwei Jahrtausenden. Diese waren zu einem Großteil vergriffen oder nur noch antiquarisch erhältlich.

Symbolfigur für **TREDITION CLASSICS** ist Johannes Gutenberg (1400 — 1468), der Erfinder des Buchdrucks mit Metalllettern und der Druckerpresse.

Mit der Buchreihe **TREDITION CLASSICS** verfolgt tredition das Ziel, tausende Klassiker der Weltliteratur verschiedener Sprachen wieder als gedruckte Bücher aufzulegen – und das weltweit!

Die Buchreihe dient zur Bewahrung der Literatur und Förderung der Kultur. Sie trägt so dazu bei, dass viele tausend Werke nicht in Vergessenheit geraten.

Bruno Ertler

Venus im Morgen

Venus im Morgen

Novelle

von

Bruno Ertler

1921

Wiener Literarische Anstalt

Gesellschaft m. b. H.

Wien   Berlin

Diese Geschichte früher Ahnung, geschrieben
auf der Höhe von Veyges im Frühsommer
1912, möchte ich in Deine reinen Hände legen,
Mare-Meli. – Wird sie Dich je erreichen?

Die Inselmänner sind braun und hart, haben schmale Lippen, kleine, sonnenverkniffene Augen, starke Gesichtsknochen und hakige Nasen.

Die Weiber sind blaß und düster. Sie tragen schwarze Gewänder und schwarze Kopftücher. Sonntags haben sie eine goldene Kette um den Hals und ein dreieckiges, weißes Tuch auf den Schultern. Schwarze, weitkrämpige Hüte haben sie auf, die sie beim Grüßen lüften wie die Männer. Sie sehen immer ernst und grüßen nicht gern.

Im Innern der Insel ist es wild.

Hier ist die Zeit vor einigen Jahrhunderten stehen geblieben, damals, als der herrliche, wilde Graf noch lebte, der dem Kaiser zu trotzen wagte. Sie haben ihm den Kopf abgeschlagen – damals. Seine Landsleute können es nicht vergessen; sie trauern düster und stumm. Aber der Dorfwirt nennt seine Weinschenke und der Fischer seine Barke mit dem einzigen, heiligen Namen: Frankopan.

Das Land ist wie ein Friedhof in der Sonnenglut. Um jede Handvoll Erde ringen die sehnigen Bauern hart und schweigend. Und dann tollt die lachende, urwilde Bora über die Insel und fegt die Steine glatt und zaust die Sträucher und springt jauchzend von den hohen Klippen in das sehnsüchtige Meer. Die Männer pressen die Lippen aufeinander und graben und rütteln an den Steinen mit hochgewölbten Schultern und eisernen Fingern. Sie werfen die Steine zuhauf, daß sie gegen den Himmel weisen, wo ein Gott ist, und es selber hinaufrufen: Du! Warum bist du so hart?

*

Die Inselmänner haben alte Lieder, die berichten von Kriegen und Helden, von großen Zeiten und blutigen Schlachten. Aber sie haben auch andere Lieder. Die singen sie an weichen Abenden über das Meer hin. Da kommt im Dunkel eine Barke geschlichen und wirft nur wenige Schritte vor dem Ufer den Anker aus. Drei Männer singen: Ein Tenor, eine Mittelstimme und ein Baß. Weichtönige, schwermütige Lieder singen sie, die einem ins Blut schleichen.

Jedesmal brechen sie ab, wo kein Ende ist, und lassen in der Brust eine atembeklemmende Sehnsucht zurück. – Und dann rasselt die

Ankerkette, und die Barke schleicht hinaus ins Dunkel. Niemand weiß, wer gesungen hat, niemand fragt danach – aber keiner vergißt das Lied.

*

Es war ein Sommer voll Gold.

Sonnengold – Mondsilber – Meerlicht.

In den Nächten leckte das Meer an den Steinen, Zikaden schrillten unaufhörlich. Zuweilen sang eine einsame Stimme ein einsames Lied oder eine Holzpfeife blies drei Töne; immer dasselbe auf und ab: Ri–ri–di – – ri–ri–di –. Schiffe glitten lautlos über die ewige Fläche, ruhige Lichter lagen da und dort – woher kamen sie?

Die Tage waren still und reich. Oft lag ich allein lange Zeit im Kahn und ließ mich schaukeln. Oder ich fuhr im Segelboot durch die spritzenden Wellen – pfeilschnell. Einsame Winkel habe ich gesehen, so reich an Schönheitsglück, wie nie zuvor.

Und ich sprach mit dem Meer, und es verstand mich.

»Meer, du weites, stilles, ruhevolles,« sagte ich, »Meer, ich kenne dich, weil ich dich liebe. Meer, ich weiß, daß unter deinem glatten Spiegel tausend Leidenschaften sich bergen; da drunten schlummert der Haß und die Liebe, tief unten glimmt es: das ist das Begehren. Und einmal, da kommt der Sturm über dich, dann bist du schöner, denn je. Du schlingst deine Wellenarme um die Klippen und willst sie hinunterziehen zu dir. Du küßt mit Inbrunst die Ufersteine, und sie bekommen Leben durch dich. Lockende Weisen singst du in stillen Nächten, uralte Sagen erzählst du von fernen Zeiten und wilden Gewalten. Die Menschen liebst du – aber du mordest sie, wenn sie dir lang ins tiefdunkle Auge sehen. Du stiehlst ihnen das Herz, und sie müssen ewig Sehnsucht tragen nach dir. Und du lachst wie ein Kind und tanzest voll Jugendmut über die Felsen und rufst: Fang mich!

Die Berge sind Männer. Meer, du bist das Urweib. Und deshalb liebe ich dich, denn ich bin ein Bergmensch.«

*

Ich sang laut im Kahn, weit auf dem Meere draußen.

Mein Freund sagte: »Was schreist du so?«

Ich lachte laut und schrie noch lauter. Mein Freund schüttelte den Kopf und fragte: »Bist du verrückt?«

»Ja, alter Esel! Heidi! Paß auf!« Und ich spritzte ihn patschnaß an. Da nahm er mich beim Kragen und drückte mich über die Bordwand. Ich wehrte mich so lange, bis wir beide ins Wasser patschten. Dann kletterten wir lachend ins Boot zurück und versöhnten uns feierlich. Zur Friedensfeier erzählte ich ihm eine Geschichte:

»Über der Draga dort auf den Steinen steht ein uralter Turm; es gibt nur Schlangen darin. Aber einmal wohnte ein König dort, der über die Inseln im glücklichen Südmeer herrschte.

Sein einziges Kind war ein Mädchen, Zora, die Morgenröte. Sie liebte nur das Meer, so wie die Menschen im träumenden Sonnenland lieben, still und unendlich. Von der Klippe der Draga sah sie hinaus, wo im blaugoldnen Flimmer weit, unfaßbar weit, die weißen Segel vorüberblitzten. Von dort mußte es kommen, aus dem Meer mußte es kommen, einmal mußte es kommen – das Wunder – das Wunder.

Sie schaute in das klare Wasser und gewahrte ihr Bild darin. Langsam streifte sie die Kleider ab und löste das schwere, dunkle Haar, sah das Märchen ihrer Schönheit und staunte und wurde bang und froh und ahnte und verstand nicht. Da plätscherte es an der Klippe, ein Kopf mit dunklen Ringellocken hob sich aus dem Wasser. Zora, die Morgenröte, konnte vor Schreck und Staunen kein Wort sprechen und kein Glied bewegen.

Es durchzuckte sie: Das Wunder – das Wunder!

Der Jüngling schwang sich auf einen Stein neben sie, strich die nassen Haare aus der Stirn und lachte:

»Du machst Augen, wie der Fisch im Netz. Fürchte dich nicht, Zora, ich habe dich lieb.«

Prinzessin Morgenrot zitterte und fragte langsam, ohne sich zu regen: »Bist du das Wunder?«

Der Jüngling lachte wieder: »Nein, du Kind, ich bin kein Wunder, ich bin nur ein Mensch wie du.«

»Kommst du von da drüben?« fragte Zora, und deutete schwach nach den fernen Segeln.

»Von dort oder da, das gilt gleichviel. Ich bin ein Mensch und liebe dich. Das ist mehr als alles.«

Er nahm ihren Arm und zog sie näher. Aber Zora, die Morgenröte, sträubte sich: »Was willst du tun? Du willst mein Leben –.«

»Ich liebe dich, wie Menschen lieben; mehr hat die Welt nicht!« rief der Jüngling und riß sie an sich, um ihren Mund zu küssen.

»Mehr hat die Welt nicht –?«

Zora rang sich schreckenbleich mit verzweifelter Kraft aus seinen Armen, lief die Klippe hinauf und davon.

Aber als sie am andern Tag an der Klippe saß, da kam der Jüngling wieder. So war es jeden Tag, und Zora, die Morgenröte, freute sich schon immer auf die Stunde, da sie nach den fernen Segeln schauen und der Jüngling zu ihr sagen würde: »Ich liebe dich.« Denn das sagte er immer. Zuerst hatte er noch anderes gesprochen und gelacht und gescherzt, am Ende fand er nur noch dieses eine Wort. Es war, wie wenn das Meer in weichen Nächten die großen Steine streichelt, wie wenn lauer Regen über geschlossene Blüten rieselt, es war wie eine Stunde vor Sonnenaufgang.

Aber einmal flüchteten die Fischer eilig heim in den Hafen und versicherten die Boote und Barken. Und dann wühlte der Sturm im Meer.

Am andern Morgen legten die Wellen einen Toten auf den Sand der Draga, gerade als Prinzessin Zora nach der Klippe eilte, um Ausschau zu halten nach den fernen, weißen Segeln. Und sie er kannte den Jüngling, streifte seine Locken aus der Stirn und sah ihm in die starren Augen – lange – lange. Dann ging sie langsam, den Kopf gesenkt, die hohe Klippe hinauf und ließ sich in die gurgelnde Brandung gleiten. So starb Zora, die Morgenröte, die auf das Wunder gewartet hat.«

*

Die Sonne war unten. Das Meer glänzte wie geschmolzenes Blei.

Ich war zu Ende. Mein Freund zog langsam die Ruder an. Das Meer leuchtete, wenn die Tropfen klingend vom Holze sprangen. Es war still. Eine Kirchenglocke fing zu läuten an.

*

Im Hafen lag die Flotte von Mala so sicher wie in einer Wiege. Kam man vom Meere her, so sah man schon vom weiten die feinen Masten und Taue in Steilschrift auf den blauen Himmel geschrieben. Ein breiter Wellenbrecher zog von einer Seite der Bucht zur andern und ließ eine schmale Einfahrt frei: zehn Ruderschläge weit.

Nahe im Meer draußen schaukelte eine gemütliche, dicke Boje, ein großer, leerer Eisenkasten mit einem Ringe dran. Das waren unsere Schutzpatrone. Den Damm nannten wir »Onkel Mul«, den Eisenkasten in seiner gemächlichen Breite »Tante Boje«. Die beiden sagten uns alles.

»Tante Boje« sang, wenn die Wellen kamen, und »Onkel Mul«, als verbissener Junggeselle, wies den zudringlichen Meerweibern seinen breiten Rücken, daß sie sich zornig liefen an ihm und die Krabben ängstlich in die Höhe krochen.

Dem alten Rac, der nur ein Auge hatte, mit dem er die Falschheit seiner jungen Frau besser sah, als andere mit zweien, gehörte fast die ganze Flotte von Mala. Die Flaggschiffe wenigstens. Das waren drei Trabakel: Die »Casta Susana«, die »Santa Cecilia« und der »Frankopan«. Er belud sie bis an die Wasserlinie mit Knüppelholz, ließ sie langsam, wie reinliche, alte Damen übers Meer nach Chioggia bummeln, woher sie nach zwei Wochen, den Bauch voll Wein, zurückkamen.

Außerdem hatten wir noch viele Barken und Gondeln im Hafen – wir durften uns sehen lassen, wenn Besuch kam von der Küste her oder aus dem Lande Italien. Wir durften uns sehen lassen.

Wo hatten sie einen, der so tauchen konnte, wie unser Paolo mit den blauen Augen und dem blonden Bartflaum? Er war seinen Leuten durchgegangen, da sie einen Beamten aus ihm machen wollten, irgendwo droben im Festland, wo die Menschen vom Meer nichts wissen. Beim alten Rac und seiner jungen Frau wohnte er, der blonde Paolo, in einer Dachkammer, wo die Bora jede Nacht bei ihm war und ihm viel erzählte von drüben, von der Küste mit den schweigenden Bergen im schwermütigen, heißschönen Lande Dalmatien, wo die Menschen noch träumen können. Der Paolo hat uns auch oft erzählt, wie der alte, einäugige Rac sein Weib schlug, weil er meinte, daß sie in der Dachkammer war –, und dann sprang der Paolo plötzlich kopfüber ins Meer, daß man nur milchige Schaumbläschen sah, bis er nach Minuten wie eine grüne Qualle unterm Wasser sichtbar wurde, auftauchte und lachend und prustend einen Seestern hochhielt, den er während des Erzählens tief unten im Grundtang hatte schimmern sehen. Oder er holte sich einen beweglichen Polypen herauf, der sich dann saugend um seinen Arm ringelte, schleuderte ihn an einen Uferstein, daß es spritzte, und lud uns lachend für Abend zu einem Brodetto ein. Dann redeten wir über probable Staatsformen und den Segen und Schaden der Republik gegenüber der Monarchie – bis er sich plötzlich wieder auf einen Augenblick einige Meter tiefer begab.

So war er, der Paolo.

Nur singen konnte er nicht. Das konnte aber der Memi.

Das war auch so einer. Er hatte es fertig gebracht, drei Monate in einer Postkanzlei in der Stadt zu schreiben. An einem Abend aber, als die braune Danica an der Zisterne Wasser schöpfte, als der dunkeläugige Ive das Holz kleinhackte, da schlich ein Lied über das Meer.

Danica ließ den Kupfereimer drunten im Brunnen, der Ive ließ die Hacke ruhen, die kleine Marica und der Peric, die im Sande spielten, liefen ans Meer und horchten, und plötzlich riefen sie zu den Geschwistern hinüber: »Der Memi ist wieder da!«

Und er war da, und er ging nicht mehr, er blieb und sang und sang.

O ja, wir durften uns sehen und hören lassen.

Auch wenn wir nicht den Danko gehabt hätten, der Segel und Steuer zu drehen wußte, wo selbst einem Dampfschiff der Mut ausgegangen wäre, und den Vinko, den zarten, verträumten, der die Tamburitza spielte, wenn wir nach dem Abendessen ums offene, ausglühende Herdfeuer saßen, an dem wir die tagsüber gefangenen Fische gebraten hatten.

Wir hatten viel und waren reich.

Wir durften uns sehen, hören und beneiden lassen.

*

Das ging so bis zu jenem Abend, der war wie keiner vor ihm und keiner nach ihm. Ein Gott empfand Freude über die Welt, und er sandte diesen Abend, von dem ich nicht weiß, warum ich ihn nicht vergessen kann. Dem Teufel gefiel's, einen Menschen zu narren, und er sandte den Abend übers Meer, der den Sturm brachte – den unvergeßlichen Sturm.

Wir standen mit unserer Barke, als hätten wir Blei im Kiel, weit draußen vor der Punta Chiaz im glühenden Sommermittag – mein Freund und ich. Ich weiß es noch: Vom Mäusekastell herunter rief ein feines Glöckchen, daß die seidene Luft zitterte und flimmerte, und ich dachte: Wird die Sonne alle die vielen tausend blendweißen Steine auf dieser Insel ausbrüten? Und was für Wundervögel wird das geben? Oder werden Schlangen ausfallen? Ich wollte meinem Freund diese meine Gedanken mitteilen. Er kauerte am Bug unseres Kajic und schien angelegentlich um das Lebensende eines Fisches besorgt, den er zu überlisten trachtete. Ich wollte nicht stören, schwieg, dachte nach, schlief ein und träumte, daß aus den Steinen Menschen wurden, so schön und heiß und steinstill und meerverwandt, wie die arme Prinzessin Zora, die Morgenröte, die auf das Wunder wartete –, und wenn man den steingeborenen Menschen die Hand gab, so lächelten sie und wurden wieder zu Stein und ließen nicht los und drückten mit den harten, kantigen Händen –, da erwachte ich. Mein Freund kauerte noch immer unbeweglich, aber neben ihm lag ein toter Branzin und eine kleine Orade, die noch lebte. Sie sah erschreckt aus, wie Zora, die Morgenröte, als sie das Wunder in der Nähe sah, das so schön von weitem geflimmert hatte, wie die Sonne da drunten aus der Fischperspektive. Ja, kleine Orade, Sonne und Wunder sind nicht für jeden.

Mein Freund fluchte, wickelte zornig die Angelschnur auf, warf sie in die Barke und stürzte sich kopfüber ins Wasser.

»Heute fangen wir nichts mehr«, prustete er, indem er um den Kajic herumschwamm und große Augen machte, als wollte er das Meer austrinken; und ich sagte es ihm nach:

»Nein, heute fangen wir nichts mehr –.«

Von da an lag es bleischwer in der Luft; so hat es angefangen.

Es war nichts sonst, als endlose, blaue Himmelsweite und blutstockende Schwüle. So war es auch im Hafen. Lebenverlassen und sonnenbrütend. Nur der halbblinde Rac hatte die »Casta Susana« durch ein schweres, an den Mast gebundenes Boot schief gelegt und hantierte mit Teertiegel und Schmierbesen hoch oben an der Bordwand. Er tat, als habe er uns nicht bemerkt, ich aber kannte das alte Chamäleon besser.

In der weiten, schattigen Küche, dem Hauptraum des uralten Hauses aus der Venetianer Zeit, saß Danica am offenen Herd und vernähte ein Loch in ihrem Strumpfe.

»Nur nicht ins Lebendige!« rief mein Freund und lachte

Ohne ihre Arbeit zu unterbrechen, ohne uns nur anzusehen, fragte sie gleichmütig:

»Habt ihr viel mitgebracht?«

Mein Freund warf unsern Fang auf den Herdrand, setzte sich neben Danica und legte seinen Arm um ihre Schultern. Sehr ruhig stach sie ihm die Nadel in den Oberarm und deutete auf die Fische:

»Ist das alles?«

»Ja –,« miaute mein Freund und rieb sich die verletzte Stelle, »mehr hab ich nicht erwischt heute.«

»Und du?«

Ich hatte mir eine Bevanda zurechtgemacht und trank eben; mein Freund sagte:

»Der hat geschlafen.«

Danica stand auf, nahm die Fische und wog sie in der Hand.

»Heute sind wir nur fünf,« sagte sie, »sonst hättet ihr noch einmal fahren können.«

»Wo sind die andern alle?« fragte ich.

»Der Ive ist in die Campagna geritten und kommt erst in der Nacht zurück, der Danko ist mit dem Memi heute früh hinausgefahren. Sie fischen mit den andern Leuten aus Mala im Meer von Smergo. Morgen abend kommen sie.«

»Warum hast du uns das nicht gesagt?« rief mein Freund, »da wären wir mitgefahren –.«

»Daß niemand daheim wäre –«, lächelte Danica.

»Ah! Deswegen? Na wart, Krabbe, du sollst es spüren, daß ich da bin!«

Er haschte nach ihr, sie lief davon, beide jagten durch die Küche, sie wischte ihm einen nassen Fisch ins Gesicht, er kriegte sie zu fassen, sie schrie und lachte, und endlich küßten sie einander sehr herzhaft.

Ich kam mir überflüssig vor und ging.

*

»Tante Boje« sang ein feines Liedchen, wie ich es noch nie gehört hatte. Ich setzte mich auf den breiten, niederen Steinpfeiler, an den die Trabakel gebunden werden, wenn sie Holz laden, und hörte ihr zu. Plötzlich wuchs drüben aus den Bergen der Küste eine Wolke in den Himmel hinein, so ballig und zornig, so drohwild und herrisch, wie ein angreifender Stier. Eine dunkle Herde folgte dicht nach und stieß und drängte sich nach allen Seiten über den Himmel hin, bis die Sonne erreicht und ausgelöscht war. Dann nahm die düstere, stumme Schar vom eroberten Land Besitz, bis auch die letzte tiefblaue Insel, die sich noch lange trotzig gehalten hatte, im eintönigen Dunkelgrau unterging.

Die Küste versank. Aber dort, wo eben noch ihre weißen Steinberge herübergeblendet hatten, loht es jetzt fahl durch die Schwaden, und ein breites, flammengelbes Band scheidet den schweigenden drohenden Himmel vom drohenden, schweigenden Meer.

Schwer atmet das bleigraue Wasser.

Erlösung! Erlösung!

Die Klippen stehen gespensterweiß, wie bleiche Krieger vor der Todesschlacht.

Eine Möve schoß krächzend heran und schlug in der Luft einen mächtigen Haken; hinter ihr her jagte der Sturm.

Der erste Windstoß pfiff glatt über das Wasser, fuhr in den Hafen, warf ein langes Ruder, das leicht an der Hauswand lehnte, krachend auf das Steinpflaster und zertrümmerte ein loses Fenster, daß es weithin klirrte.

Nun wurde es lebendig. Überall wurden eilig Fenster geschlossen, einige Fischer sprangen in ihre Boote, um sie in sicherer Entfernung von der Mauer zu verankern. Mein Freund war auch plötzlich da und spannte unsern Kajic zwischen den Eisenring an der Wand und einen schweren Ankerstein, den er an einem dicken Draht ins Meer versenkte.

Ich half mit einigen andern dem alten Rac die »Casta Susana« geradelegen, die Sparren binden und die Taue spannen.

Der Tanz begann. Der Wind spielte auf mit tausend Pfeifen, und auf den schwarzen Wogen wirbelten die Seejungfrauen in weißen, leichtfertigen Schaumkleidchen toll durcheinander.

Von der Punta Haludova wollte ein Boot herein. Wir erkannten Paolo und Vinko. Jeder saß an einem Ruder und es spritzte und plantschte, so oft sie einsetzten.

Beeilt euch, ihr!

Bald fuhr das Schiffchen in die Tiefe und war einen Augenblick nicht zu sehen, dann kam es wieder hoch, tanzte auf einem Wellenkamm und die Ruder schlugen ins Leere.

»Das ist der Paolo,« sagte ein weißhaariger Fischer neben dem alten Rac, »dem kann nichts an.«

Das Auge des Rac funkelte in böser Wut.

»Ja – der Paolo – und immer der Paolo –«, knurrte er, und riß zornig an dem Tau, mit dem sein »Frankopan« angebunden war.

Die Sache stand aber so, daß der alte, halbblinde Rac den blonden Paolo in aller Morgenfrühe in einem schlechten Boot nach Nivice hinübergeschickt hatte; er solle von der Schwiegermutter ein seidenes Tuch herüberholen, sein junges Weib brauche es morgen für den Tanz. Er solle sich beeilen und noch vor Abend zurück sein. Dann war der Alte in die Kirche gegangen und hatte der Madonna zwei dicke Wachskerzen angezündet. Auf dem Heimweg blieb er stehen und schnupperte in die heiße Luft; dann steckte er den Finger in den Mund und hielt ihn in die Höhe, um zu erfahren, von welcher Seite der Wind käme. Befriedigt nickte er und ging weiter; nun wußte er auf die Sekunde genau, wann der Sturm da sein mußte. Und jetzt –?

Da war dieser dumme Vinko mitgefahren! Sie mußten wie verrückt gerudert haben. Da nützte die schönste Wachskerze nichts! – –

Ich ging über den schmalen Laden auf den Damm, wo die Leute eben laut schreiend die beiden Geretteten begrüßten, die von einer mächtigen Welle verfolgt eben in den Hafen schossen. »Onkel Mul« schmiß die Welle zurück. Paolo und Vinko troffen von Wasser wie der Seetang im Grundnetz, als sie ans Land krochen. Zornig über das Entrinnen der Beute stürmte das Wellenheer gegen Damm und Klippen, lange Linien wütender Rappenreiter mit fliegenden, schneeweißen Helmbüschen und gezücktem Pallasch dröhnten und rasselten gegen Mauer und Wellenbrecher, wurden mit dumpfem Prall zerschmettert, hoch in die Luft geschleudert und zurückgeworfen, neue Massen stürmten über sie weg, um gleich ihnen in schäumender Wut anzurennen und zu verderben.

Es war ein Kampf, vor dem die Menschen schweigen müssen im schauernden Ahnen der Urwelt.

Weißgraue Nebelgespenster rissen sich aus den Wolken, vereinten sich, jagten über das Meer, zerrissen wieder und hingen in flatternden Fetzen an Bäumen und Klippen. Ein rotes, zuckendes Licht brach durch die Wolken, so daß sie sekundenlang glühten. Fern, nahe und wieder verhallend rollte ein drohender Donner nach.

Wir standen alle still.

Jetzt kletterte der Rac die Eisenleiter hinauf und steckte das Licht unserer Dammlaterne an. Der Paolo sprach erregt mit einigen Fischern; ich sah das an seiner Miene und den eifrig deutenden Händen, hören konnte man's nur in nächster Nähe. Die Männer rührten sich nicht, und der Paolo schrie jetzt so laut, daß ich ihn verstehen konnte.

An der Punta Chiaz hätten er und Vinko einen Trabakel gesehen, der den Kurs nach Mala gehalten habe. Dann sei der Sturm gekommen –. Wenn das so war –, bis zur Punta Chiaz gab es nur hohe, harte Klippen, die wie Sägezähne waren; das wußte jeder.

Ich merkte plötzlich, daß außer Vinko, Paolo und uns beiden nur weißhaarige Greise und Frauen dastanden, und erinnerte mich daran, was Danica gesagt hatte: Die Väter und Söhne fischten auf der Höhe von Smergo.

Ein schnaubender Windstoß riß die Nebelschleier fort und zerwirbelte sie hoch in der Luft, ein Weib rief laut und streckte die Hand aus, alle drehten sich, und es war eine Sekunde lang still; auch der Sturm schwieg.

Vor der Punta Haludova schwankte der Trabakel; alle Leinwand war gerefft, nur das kleine Focksegel vorne flatterte mit zerrissener Leine im Winde.

Sie hatten uns auch bemerkt. Ein weißes Tuch flog an einer Leine zur Mastspitze empor und riß daran ängstlich und hilfeflehend, wie eine Taube, der man die Füße gefesselt hat.

Das Meer brauste hohl und ging schwer auf und nieder, die Klippen waren dunkelfeucht, voll Tang und Moos; eine drückende Kampfpause. Die schweratmenden Gegner maßen sich vor dem Entscheidungsgang. Der Trabakel hob und senkte den breiten, schweren Körper wie eine waidwunde Ente.

Wieder brauste der Sturm, wieder jagte er Nebel und Wasser durcheinander, bald verschwand das Schiff, bald stand es gespensterhaft nahe vor uns. Die Weiber schrien auf, die Männer standen und schwiegen. Hie und da biß sich ein Weißkopf auf die Lippen, eine braune, hagere Faust ballte sich da und dort, und manchmal drehte sich einer plötzlich um, in einen Kajic zu springen und denen da draußen auf ihr Notsignal zu Hilfe zu kommen. Aber jedesmal hielten andere den Entschlossenen zurück.

»Du bist alt – ja, wenn der Danko hier wäre – oder der Memi –.« Und die Alten senkten die harten Köpfe und waren tief zornig, daß sie nicht jung und stark waren, um ihr Leben zu wagen.

»Sie können nicht herein – sie haben ein Boot –, und es sind ihrer nur drei auf dem Trabakel – da darf keiner weg –, und sie rufen nach uns –, vielleicht haben sie eine wichtige Post oder einen Schatz, den sie sichern wollen –.«

Der alte Rac schrie: »Wir haben Weiber und Kinder daheim und sind alt und haben das unsere getan – aber junge Leute –.«

Der Sturm heulte ihn nieder. Sein giftiger Blick traf den Paolo, der, von der wilden Fahrt ermattet, auf dem Steinblock saß. Mein Freund und ich standen neben ihm. Nun stand der Paolo auf und trat auf das junge Weib des Alten zu, indem er ihr ein nasses Bündel entgegenhielt, das er an der Brust getragen hatte.

»Hier ist das Tuch,« sagte er, »die Nona läßt dich grüßen.«

»Was für ein Tuch?« fragte sie.

»Deines – für morgen – auf den Tanz – es ist freilich naß geworden –.«

Und während sie ohne Verstehen das Tuch entgegennahm, trat der einäugige Alte hinzu:

»Ich hab' es holen lassen«, sagte er, ohne den Paolo anzusehen; zugleich nahm er sein Weib an der Hand und führte es weg, wie man etwa ein unfolgsames Kind vom Spielplatz nach Hause führt.

Der Paolo sagte kein Wort. Einen Augenblick sah er den beiden nach, dann drehte er sich um und wir gingen. Wir waren schweigend einig geworden, sprangen in unsern Kajic, warfen Steckmast und Segel ans Land, hängten die Ruder ein und banden los. Die Leute riefen uns allerhand zu, was wir nicht verstanden. Ich sah gerade noch den Rac, der uns nachäugte – dann glitten wir mit einer zurücklaufenden Welle durch den Hafenausgang.

Nun galt's! Meer, nun raufen wir einen lustigen Strauß! Zeige, wie stark du bist!

Ich hielt das Steuer. Mit beiden Armen preßte ich den Holzhebel an meine Brust und stemmte die Beine gegen die Bordwand. Das

Schiffchen krachte in Planken und Rippen, die Ruder knarrten und bogen sich. Das Herz pochte mir vor Freude, mein Blut sang mit dem Sturm um die Wette ein wildes, tollfrohes Lied von der Jugend und vom Kampf!

Der Steuerbalken zerriß mir das Hemd vor der Brust, Salzwasser rann uns von Haar und Gewand, zehnmal tanzten wir hoch auf dem Kamm, zehnmal fuhren wir ins dunkle, gurgelnde Wasser. Es heulte, stampfte und brüllte um uns herum, über uns pfiff und sprühte es, und tief unten dröhnte der gierige Tod. Wir schrien vor Lust. Mit jedem Ruderschlag, mit jedem Steuerzug flammte das Leben in uns auf, heiß und gewaltig und sieghaft wie nie zuvor. Meer, du reiches, du starkes, du wildes! Laß mich kämpfen mit dir, daß du mir Leben gibst!

*

Eine mächtige Woge hob uns.

Wir sahen den Trabakel einen Augenblick dicht unter uns, dann schossen wir auf ihn zu. Da setzten wir die Ruder quer, ich drehte das Steuer, und dann ließen wir los und streckten die Hände dem Schiffe entgegen, um den Stoß abzufangen.

Die oben hatten uns schon kommen sehen; sie riefen uns was zu, und einer schleuderte ein gerolltes Tau nach unserm Kajic herüber, das darüber hinaus ins Meer schlug. Da hingen wir nun in gefahrvoller Nachbarschaft der Schiffsplanke, an der wir jeden Augenblick zerschellen konnten. Wir zogen uns an den Trabakel heran, soweit es ging, und streckten die Ruder aus.

Der Mann, der das Seil geworfen hatte, beugte sich über die Bordwand und schrie zu uns herunter, wir sollten das Kind des Kapitäns retten. Er und seine Söhne wollten bleiben, – aber das Kind des Kapitano – –

Der Sturm riß ihm die Worte vom Munde weg. Er verschwand und kam mit einem jungen Mädchen wieder, welches völlig in Tücher gehüllt war, an denen der Wind zerrte. Er streifte ihr mit der Hand über den Kopf, machte ein Kreuz auf ihre Stirn und schlang das Seil um ihren Körper. So sandte er sie zu uns herunter, und wir fingen sie auf. Unser Kajic war voll Wasser; wir konnten zu viert nicht zurück. Da nahm der Paolo beide Ruder, mein Freund kletterte am Seil empor auf den Trabakel und wir stießen uns in die Wellen zurück.

Der Paolo war völlig matt; ich hielt mit einer Hand das Steuer und half ihm mit der andern rudern. Da stieß das Mädchen plötzlich meine Hand vom Steuer und sagte:

»Das will ich.«

»Kannst du das auch?« fragte ich.

»Ja.«

Sie drängte mich vom Steuer weg, und ich nahm das zweite Ruder.

Das Mädchen sah ins Meer, nahm jede Welle fest ins Auge und parierte sie so ruhig und sicher, daß wir beide staunten.

»Du steuerst ja wie ein Pilot«, rief der Paolo. Sie verzog keine Miene und sah in die Wogen. Der Sturm schien abzuflauen, die Stöße waren nicht mehr so wild. Auf dem Molo schrien und winkten die Leute von Mala, der Wind zauste dem Mädchen am Steuer das Tuch vom Kopfe und wühlte in ihren dunkelbraunen Haaren. Sie schaute unverwandt ins Wasser. Wir schwiegen.

*

Als wir auf dem Damm mitten unter den Leuten standen, da gab es ein Staunen, Schreien und Fragen von allen Seiten, wer auf dem Trabakel sei.

Der Tonin und seine zwei Söhne.

Und ob sie sich halten könnten über Nacht.

»O ja«, sagte der Paolo.

Der Sturm sei ja schon vorüber, schrien einige.

»Der Tonin ist ein Feigling«, sagte das Mädchen.

Und da erfuhren wir's: Sie hatten gestritten. Die Tochter des Kapitäns hatte bleiben wollen, der Tonin aber hatte Angst um das Kind seines Herrn.

»Es sind viel Klippen hier unten – und die Nacht kommt – der Sturm muß nicht aufhören – du darfst nicht bleiben –, nein, du darfst nicht, Mare.«

So hatte der Tonin gesprochen.

»Und deshalb ist er ein Feigling!«

Und dann, als der Kajic heran war, da nahm er sie einfach und warf sie über die Bordwand diesen fremden Menschen in die Arme.

»Oh – er ist ein Feigling –!«

Zornige Tränen standen ihr in den dunklen Augen, und der harte Mund zuckte. Die Leute redeten auf sie ein; er habe recht, der Tonin, daß er das Kind seines Herrn, des Kapitäns, gerettet habe. Sein Bruder –? Wie? der sei nicht hier. Heute früh fuhr er mit den andern nach Smergo fischen.

Da trat die braune Danica auf das Mädchen zu und sagte:

»Du sollst die Nacht bei uns sein.«

Das fremde Mädchen sah sie kurz an, und es fiel mir auf, wie ähnlich die beiden einander waren. Die gleiche Gestalt, den gleichen feinen Kopf, die braune Haut, die dunklen Haare und Augen, ja auch die starke Nase und der stolze Mund – es war bei einer wie bei der andern.

So seid ihr, Töchter des südlichen Meeres.

*

Die Wellen schlugen noch lange nach den Steinen, als die Leute von Mala schon längst in ihre Häuser zurückgegangen waren. Die Lichter kamen wieder hervor, wo sie jeden Abend aufgingen, und auch eine Holzpfeife sang von der Insel herab.

Wir waren am Feuer gesessen, so wenige wie noch nie; auch mein Freund fehlte, denn der Trabakel war noch nicht herein. Danica hatte die Fische gebraten für uns fünf: Sie selbst, die beiden Kleinen, ich und das Mädchen, das wir aus dem Meer geholt hatten.

Wir waren stumm und müde. Auch Peric und Marica schwiegen und sahen das braune Mädchen an, welches Mare hieß.

Danica schob den schweren Eisenriegel vor die Haustür, zwei Fischer gingen in harten Schuhen vorbei und wünschten ihr eine gute Nacht. Einen Augenblick dachte ich daran, daß ich sonst immer um diese Zeit Mandoline spielte; ich sah auch wohl nach dem Kasten, die Mandoline lag oben, und in ihren Saiten schillerte das Herdfeuer.

Ich stieg die Treppe hinauf, ging durch die leere Kammer, wo sonst mein Freund schlief, und stand an meinem Fenster, das aufs Meer hinausging.

Es war finster und feucht; das rote Licht der Dammlaterne, das sonst immer ruhig im glatten Wasser schwamm, tanzte hoch auf und ab mit den schwarzen Wellen, die schwer heranrollten und an der Mauer zerplatzten. Wolken jagten einander den Platz vor dem Monde ab, und die Boote und Schiffe rissen an den Tauen, ächzten, knarrten und schlugen aneinander.

Weit draußen flimmerten zwei Lichter: grün und rot; das war der Trabakel.

Unten im Hause ging eine Tür, Schritte wurden hörbar und kamen herauf in das Zimmer neben mir. Ein Lichtstreifen schlich durch die Türspalte in meine Kammer, irrte auf Wand und Boden umher und blieb endlich stehen. Ich hörte, wie Danica mit dem fremden Mädchen sprach, wie sie ein Lager bereitete und schließlich gute Nacht wünschte und die Treppe hinunterging. Da verschwand auch der Lichtstrahl. Es war still, nur das Meer ging auf und nieder. Weit drüben im Festland donnerte es ganz kurz.

*

Der Morgen kam aus dem Meer und stieg die Insel hinan, ein kalter Wind strich über die glatte Fläche, der Himmel war lichtblau und das Meer fast weiß. Ein feines Zittern huschte über das Wasser, der Mond stand wie ein kleines Lichtwölkchen über den Bergen des Festlandes. Feierliche Stille war überall.

Der Trabakel draußen hatte alle Leinwand aufgezogen; das gelbe Großsegel war mit einem rostroten Fleck ausgebessert. Es schien mir, als käme das Schiff langsam näher.

Da überkam mich das Verlangen nach diesem Meer, ich mußte ihm nahe sein, es fühlen, das unberührte, das morgenherbe, das klare, ruhige, kalte.

Ich machte die Tür auf, um hinunterzugehen, und blieb im Nebenzimmer stehen, als ich das fremde Mädchen ruhig schlafend vor mir sah. Die große, braunrote Decke, in die sie der sorgsame Tonin gestern eingewickelt hatte, war über das Bett gebreitet und hing an einem Ende bis zum Boden herab. Und darauf hingestreckt lag das Mädchen, halb ein Kind noch, weich umhüllt von dem lichtblauen Kleid, wie es kein Mädchen auf der ganzen Insel trug. Die feinen, langen Glieder waren aufgelöst, ein Arm unter das wirre Braunhaar geschoben, und zwischen den dunkelroten, leise geöffneten Lippen, die sich in scharfen Linien von der lichtbraunen Haut abhoben, schimmerten kleine, schneeweiße Zähne.

Und als ich so regungslos an der Tür stand und alles vergessen hatte, das Meer da drunten und meinen Freund auf dem Schiff – als ich einen Augenblick völlig wunschlos war, da schlug das Mädchen die Augen auf, die gerade auf mich gerichtet waren.

Ich fühlte wie ein Lebensfunke aus dem Unendlichen hieher auf die Erde sprang. Aber alles blieb wie früher. Nicht die leiseste Bewegung war in der engen Kammer, kein Muskel zuckte in dem braunen Gesicht, darin die großen, dunklen Augen erwacht waren.

Nie habe ich wieder so tiefe, sichere Ruhe gesehen in zwei Augen.

Eine Tür knarrte unten im Hafen, harte Schuhe klapperten über die Steine. Das war der alte Rac; ich kannte seinen Schritt und den Ton seiner Haustüre. Der Eisenring schlug an die Mauer, Ruder wurden eingehängt und plantschten ins Wasser. Als ich auf den Molo kam, ruderte der Rac schon an der Boje vorbei dem Trabakel entgegen, um ihn hereinzulotsen. Eben kam die Sonne hinter der Insel herauf und ihre ersten Strahlen sprangen in das Meer hinaus wie flache Steine, die man über die Wellen hüpfen läßt. Jetzt schlug alles die Augen auf, und alles freute sich am Licht. Alle Farben wurden tiefer, Meer und Himmel strahlten blau, dunkelgrün erwachten Bäume und Sträucher auf den kalkweißen Klippen, und weit, weit drüben flimmerten die Städte des Festlandes am Fuße der ewig träumenden, schweigenden Berge. Feierlich langsam kam der Trabakel heran. Das blondgelbe Segel mit dem rostbraunen Fleck ragte hoch und ruhig in den tiefblauen Himmel, und der breite, dunkelrote Schiffskörper mit den zwei weißblauen, geschweiften Fischaugen am Bug sah aus wie ein sagenaltes Meertier eines heidnischen Dichters. Am Steuer stand der alte Rac neben dem Tonin; zwei Boote schaukelten hinter dem Trabakel her über die leise plätschernden Wellen.

*

Sie waren vom Festland herübergekommen, von weit drunten irgendwo, und hatten hinüber wollen, wo der große Berg war an der Küste und die weißen Städte an seinem Fuß. Hundertmal waren sie diesen Weg schon gefahren, der Tonin und seine zwei Söhne, aber sie waren immer im Kanal geblieben, nahe der Küste: da kannte er jeden Stein über und unter dem Wasser.

Diesmal aber! O, heiliger Gott! Was wird der Kapitano sagen! Sie waren kaum ein paar Stunden im Meer draußen, da fand es sich, daß die Tochter des Herrn auf dem Schiffe war. Plötzlich kroch sie aus der Luke hervor; da drunten hatte sie sich versteckt gehalten hinter Säcken und Fässern.

O, heilige Cecilia!

Der alte Tonin hatte sie zurückschicken wollen mit dem Kajic, er hatte sogar umkehren wollen. Aber auch wenn es gegangen wäre, sie hätte es nicht zugelassen. Sie fiel dem Alten um den Hals und drückte und streichelte ihn, daß er sich ihrer kaum erwehren konnte. Seinen Söhnen stopfte sie die Hände und Taschen mit Zigaretten voll, und am Ende befahl sie lachend, wie ihr Vater, der Kapitano, es immer tat: Volldampf voraus!!

Da gab es keine Widerrede. Aber es war nicht gut! O, Santa Maria! Es war nicht gut. Sie lief auf dem ganzen Schiffe umher und lachte und sang, stand neben dem Tonin am Steuer und erzählte ihm tolle Geschichten von ihrem Vater, dem wilden Kapitän; der war mit zwölf Jahren auf einem großen Dampfschiff nach Amerika durchgegangen. Wochenlang wußten sie nichts von ihm und beweinten ihn schon als einen Ertrunkenen. Aber als sie es erfuhren und der erste Schreck und Zorn vorüber war, da habe sein Vater gesagt: »Ich hab's auch so gemacht!«

Und alle machen es so, alle! Das Meer schwemmt sie einfach weg vom Strande. Und der Vater ist doch Kapitän geworden auf dem großen Schiff, das jetzt in China ist oder in Indien!

»Ich will es auch so machen!«

»Aber du bist doch ein Mädchen, Mare«, hatte der Tonin gesagt.

Da hatte Mare, das Mädchen, trotzig die Lippen geschlossen:

»Was ihr könnt, kann ich auch!«

Und sie drängte den Tonin vom Steuer fort und rief seinen Söhnen zu, sie sollten alle Leinwand aufziehen.

O, San Pietro! Warum haben sie es getan! Aber man konnte nicht anders, man konnte nicht. Lächeln mußte man, und es war eine Freude die Taue zu ziehen, wenn sie es befahl. Sie stand am Steuer, den Kopf stolz hochgeworfen, der leichte Wind spielte mit ihren Haaren und streichelte ihr meerblaues Kleid.

Und langsam, daß es keiner merkte, drückte sie den Balken immer weiter herum. Es war zu spät, als der Tonin sah, daß sie aus dem Kanal ins Meer hinausgekommen waren. Und Mare lachte und hüpfte vor Freude; denn hier gab es Wellen! Frische, große, lustige Wellen! Es war nicht das fade, eingesperrte Wasser zwischen Insel und Strand. Und sie packte den alten Tonin und tanzte mit ihm über das enge, schwankende Verdeck, daß seine Söhne in ein wüstes Gelächter ausbrachen. Nun war sie Herrin auf dem Schiff, und lachend gab sie ihre Befehle.

Oh! Alle lieben Heiligen! Was für Befehle!

Sie mußten die Segel in den Wind hineindrehen, daß es krachte und donnerte und der Trabakel schief durch das gischtende Meer sauste. Sie schrie und lachte, wenn ihr das Wasser ins Gesicht sprühte und der Wind ihr die Haare aus der Stirne riß.

O, Santa Madonna!

Der alte Tonin wischte sich über Schläfe und Scheitel, als er von dieser Fahrt sprach.

»Herr, so ging es fast zwei Tage, solange die Sonne oben stand; in der Nacht war Mare still und schaute ins Meer oder zum Himmel hinauf. Geschlafen hat sie nicht, und wenn sie ein Wort sprach, so flüsterte sie. Und heute fing uns der Sturm draußen vor der Insel. Herr, ich habe noch nie eine solche Stunde erlebt. Niemand wußte, wo wir eigentlich waren, und der Sturm trieb uns schneller, als eine Möve fliegen kann. Und das Mädchen sang und schrie und lachte. Ich habe Gott um Verzeihung gebeten für sie, denn sie wußte nicht, wie bald wir alle sterben konnten. Als der Sturm einen Augenblick die festen Nebelwolken zerriß, da sah ich eure Klippen vor uns. Wir haben die Leinwand heruntergerissen und das Steuer gedreht. Herr, alles hing an einer Sekunde –.«

Der Tonin schwieg. Seine zwei Söhne, mein Freund und ich standen vor ihm. Die Morgensonne leuchtete von der glatten, endlosen Fläche; weit drüben vor der Küste blitzte ein einziges, schneeweißes Segel. Ich wandte mich gegen die Insel zurück. Da sah ich auf dem niederen Steinpfeiler am Strande das Mädchen sitzen. Sie hatte die

Hände im Schoß gefaltet und sah regungslos auf das Meer hinaus. Auch der Tonin hatte sie bemerkt und sah nach ihr hinüber. Es schien, als bete sie. Nach einer Weile sagte er mit gedämpfter Stimme, als spreche er in einer Kirche:

»Wir wären alle da drunten im Meer, wenn wir sie nicht auf dem Schiff gehabt hätten. Sie hat uns in die Todesnähe getrieben, es ist wahr, aber sie hat uns auch darübergetragen.«

Und er senkte die Stimme noch mehr:

»Denn sie ist rein, wie die Madonna –.«

Wir schwiegen wieder. Die beiden Söhne des Tonin waren wortlos ins Boot hinuntergestiegen und ruderten langsam zum Ufer hinüber. Der Tonin fragte:

»Wo hat sie geschlafen?«

»Sie war gut aufgehoben«, sagte ich.

Er sah mich an und gab mir langsam die Hand, die ich fest drückte.

»Ihr habt brav gerudert gestern«, sagte er.

Ich wehrte lächelnd ab. Dann kletterten auch mein Freund und ich in unsern Kajic. Ganz unvermittelt sagte mein Freund, als wir schon dem Ufer nahe waren:

»Der Alte meint, das Mädchen wäre ein Wunder –.«

*

Als ein paar Stunden später der Tonin das Mädchen bat, wieder auf das Schiff zu kommen, da sagte sie:

»Ich will nicht.«

Der Tonin machte ihr Vorstellungen; sie sei doch selbst auf den Trabakel gekommen –.

Er habe sie auch selbst hinuntergeworfen gestern, trotzte Mare.

»Ich muß dich doch nach Hause bringen!« jammerte der Alte.

»Du fährst noch nicht nach Hause.«

Das war richtig. Der Tonin mußte erst noch an die Küste hinüberfahren.

»Was willst du tun?« fragte er ratlos.

»Ich bleibe hier.«

»Und wenn ich wiederkomme, fährst du mit mir? Ich muß dich doch zurückbringen. O, Santa Madonna! Was wird der Kapitano sagen! Mare –,« bettelte er, »du kommst mit, wenn ich dich abhole!«

»Vielleicht.«

Er stand hilflos, tiefbetrübt, ehrlichen Kummer in den Augen, und ließ den Kopf hängen. Da brach das Mädchen in ein unbändiges Lachen aus und rief:

»Du siehst aus, wie ein Schaf in der Sonne! Komm, wir müssen wieder tanzen!«

Und sie packte ihn und riß ihn in der weiten Küche umher, daß seine alten, steifen Seemannsbeine seltsame Figuren machten. Das wirkte wie eine Erlösung. Mein Freund nahm die braune Danica um die Mitte und ich holte die Mandoline vom Kasten herunter und begann einen unserer »Inseltänze« zu spielen, die ich alle in diesem Sommer erfand, und die sich von dem dreitönigen auf und ab der Holzpfeifen sehr wenig unterschieden. Dem Tonin wurde schwindlig; das Mädchen lachte und ließ ihn los. Er torkelte zur Tür hinaus.

Mein Freund und Danica drehten sich, Aug in Aug und weltvergessen, ein verstehendes Lächeln auf den Lippen. Ich kannte das. Jeden Abend drehten sie sich so draußen auf der Steinterrasse, und ich durfte spielen und zusehen, wie sich die Sterne im Meer spiegelten; müde wurden die zwei nie; aber ich schlief meistens zuletzt ein.

Das Mädchen stand neben mir und sah mit sonderbar erstaunten Augen auf die beiden. Ich beugte mich zu ihr und sagte, während ich weiter spielte:

»Ich muß leider Musik machen und kann nicht tanzen.«

Sie sah mich rasch an; dann sagte sie:

»Du hast mich aufgeweckt.«

»Hast du denn geschlafen?«, lachte ich.

»Heute früh –, ja.«

Sie sah mich wieder so ruhig an, wie am Morgen, als ich in ihrer Kammer stand. Die Szene lebte so stark in mir auf, daß ich zu spielen aufhörte und die beiden Tanzenden überrascht innehielten und fragend herüberschauten. Aber Mare klatschte plötzlich in die Hände und rief: »Spiel weiter!«

Sie warf die Arme hoch, legte den Kopf zurück und tanzte. Anfangs bewegte sie sich langsam, etwas unsicher, zurückhaltend, nach und nach aber kam es mir vor, als entschwände sie uns. Ihre Drehungen wurden schneller, der schlanke Körper verlor jede Schwere, sie sah über alles weg, und ein seliges Kinderlächeln spielte um den leicht geöffneten Mund. Ich riß in den Saiten und das tanzende Mädchen trieb meine Finger. Das meerblaue Kleidchen flatterte um die feinen, schlanken Glieder, die dicken, dunklen Flechten lösten sich, schimmernde Röte war unter die lichtbraune Haut gestiegen. Mein Freund stand neben Danica und beide schauten ganz versunken zu. Durch die offene Tür herein hörte man das Meer rauschen. Mare warf den Kopf zurück, streckte beide Arme mit fangenden Händen weit von sich, drehte sich noch einmal und war plötzlich mit einem Satz durch die Tür gesprungen und verschwunden. Die letzte Dissonanz, mit der ich abgebrochen hatte, summte noch in der Mandoline; das Meer rauschte laut. In der weiten, schattigen Küche rührte sich nichts.

*

Der alte Tonin kam und hinter ihm der dunkle Ive, der eben von der Campagna hereingeritten war; draußen hörten wir die Kinder schreien, irgendwer lachte laut: Wir waren wieder in Mala, im Haus am Strande. Mein Freund suchte sein Fischzeug, Danica klapperte mit den Kochtöpfen, und der Ive erzählte vom Sturm in der Campagna draußen, der ihn die Nacht über aufgehalten habe. Es fiel mir ein, daß der Ive da draußen wo eine seiner »Bräute« hatte, gegenwärtig sein Hauptbraut – sozusagen.

Ich wollte gerade nach meinem Fischzeug greifen, als der Tonin mit wichtiger Miene auf mich zukam; er hielt eine leere Postkarte in der Hand: Darauf sollte ich etwas schreiben; eine Nachricht an den Kapitano oder seine Familie. Wir gingen in meine Kammer hinauf, wo ich das Schreibzeug des Hauses verwahrte. Der Tonin machte ein feierliches Gesicht, und als er von dem Kapitano zu sprechen begann, nahm er seine zerknitterte Mütze ab. Ich lachte.

»Wer ist mehr, Tonin: San Pietro oder der Kapitano?«

Er blieb ernst. San Pietro ist allwissend, wie alle Heiligen; das war der Kapitano freilich nicht. Aber der Kapitano hatte dem Tonin einmal eine mächtige Ohrfeige gegeben – schon lange, schon sehr lange –, und das konnte wieder San Pietro nicht. Darum also –, ich sah ein, es war nicht so einfach.

Nach einer wunderbaren Überschrift mußte ich an den Kapitano berichten, daß seine Tochter Mare (sie hieß eigentlich Marica) mit dem Tonin gefahren sei, sich gegenwärtig in Mala ganz wohl befinde und nicht nach der Küste hinüberwolle. Er werde sie bei seinem Bruder, für den er die Hand ins Feuer lege, zurücklassen und auf der Rückfahrt abholen. Er schwöre bei der Madonna, daß er dem Kapitano sein Kind unversehrt zurückbringen werde. Nachdem ich noch in den schwungvollsten Superlativen seine Ergebenheit ausgedrückt hatte, malte er selbst seinen Namen darunter, alles, was er auf dem Gebiete der Schreibekunst erreicht hatte. Er brachte auch selbst die Karte zur Post, von wo sie durch unsern getreuen Briefesel zur nächsten Dampferstation befördert wurde.

*

Ich war ärgerlich, denn mein Freund hatte nicht auf mich gewartet und war mit unserem Kajic davongefahren. Auch sonst fand ich kein Ruderboot; alle Ringe hingen leer, auch das Boot des alten Rac war fort, obgleich er selbst da war und ganz allein ein riesiges, am Ufer in der Sonne ausgebreitetes Fischnetz flickte.

So fischte ich denn die zahnigen, hohen Klippen entlang über die Draga hinaus gegen das einsame Kloster zu, in welchem einige Franziskaner ein beschauliches Dasein in Sonnenschein und Meeresfrieden führten. Im Garten grub ein Pater tief gebückt zwischen den Steinen; ich fühlte, wie ihm die Sonne auf die schwarze Kutte brannte. Stille und Meeressonne – das war alles.

Auf der blauseidenen Fläche blitzte es bald da bald dort, als wären Spiegelscherben darauf verstreut. Das Festland drüben bedeckte ein feiner Dunst. Dort lag die große, lebendige Stadt, dort liefen tausend und tausend Menschen kreuz und quer durch die Gassen wie auf einem Ameisenhaufen, dort war der Marktplatz mitten im Häusergewürfel, und da gab es Fleisch, Gemüse und Früchte, ganze Berge in der Sonnenglut, daß man es weitumher riechen konnte. Und Weiber schrien, kreischten, feilschten, zankten und lachten. Da gab es enge, winkelige Gäßchen, in denen schmutzige, schwarze Matrosenkneipen waren. Drinnen saßen braune Kerle mit offenen, farbig gewesenen Hemden, voll Ruß und Maschinenöl. Und sie tranken einen fürchterlichen Schnaps, hatten derbe, halbnackte Dirnen auf den Knien, fluchten, gröhlten und sprachen von Ost- und Westindien, von China und den Südseeinseln. Ein Musikautomat spielte unaufhörlich, und die wildäugigen Matrosen schlugen mit den Fäusten auf den Tisch, zeigten ihre tätowierten Muskeln und rissen die aufkreischenden Weiber an sich.

Im Hafen brodelt und brüllt es aus tausend Schlünden. Sirenen heulen, Signalpfeifen schrillen, Dampf zischt. Eine gellende Glocke, ein Kommando in einer fremden Sprache, die Schiffsschraube beginnt zu stampfen, das Meer schäumt zornig. Ein Losreißen, ein Händedruck – Tücher wehen –. Haltung! Haltung! Drinnen kann es ja sterben. Hafenarbeiter schreien und lachen roh und laut, ein türkischer Straußfedernhändler bummelt am Ufer.

»Wie? Fünfzig Franken für diesen Fächer –?«

Beteuerungen – große Gesten.

Ein Boot gleitet zur Stiege, ein zerlumpter Mensch sitzt darin.

Da kommt eine elegante, verschleierte Dame und steckt ihm einige Banknoten in die Hand.

»Es ist zu wenig, Herrin«, sagt er hart.

Sie seufzt. »Ist es jetzt genug?«

Er steckt das Geld ein. »Ihr sollt mich loben, Herrin«, brummt er.

Sie verschwindet, das Boot gleitet flink zwischen Barken und Schiffen davon.

An der Landungsbrücke fallen einander zwei um den Hals.

»Weil du nur wieder da bist! Du! Jetzt ist ja alles, alles wieder gut!«

Singende Burschen, betrunken und geschmückt, ziehen nach der Kaserne: In einer Woche in den Krieg!

Auf dem Auswandererschiff hocken verhärmte Männer und Weiber auf ihren Habseligkeiten. Die Schnapsflasche macht die Runde.

»Hallo! In einem Monat in Amerika!«

Einer singt ein kroatisches Lied.

*

Zwei Ruder rauschten im Meer; das Mädchen im blauen Kleide kam auf die Klippe zu. Da jubelte es in mir. Tausend Menschen drängen sich da drüben, tausend Schicksale kreuzen sich, tausend Leidenschaften brennen. Ein Meer liegt zwischen mir und euch. Ich stand auf und rief über das Wasser hin: »Mare! Mare!« Der Mönch im Klostergarten sah erstaunt herüber, Mare wandte sich im Boot und kam näher. Ich kletterte die Klippe hinunter, und wir fragten beide zugleich:

»Wo bist du gewesen?«

Ich erzählte ihr, daß ich eben drüben gewesen sei in den Städten des Festlandes, wo es stinkende Eisenbahnen gibt und Dampfschiffe und fluchende, schreiende Menschen, die hassen und stehlen und lügen und sich alle jämmerlich fürchten.

»Wovor fürchten sie sich?« fragte sie.

»Weiß Gott! Einer vor dem andern und am Ende jeder vor sich selbst.«

Sie lachte. »Das ist dumm«, sagte sie. »Ich habe eine Krabbe gefangen, schau, da ist sie.«

Und sie zog mich zum Boot hinab; da hatte sie eine riesige Krabbe mit einer Schnur an der Schere angehängt. Als uns das arme Tier kommen sah, riß es verzweifelt an seiner Fessel, daß ich fürchtete, es würde sich den Scherarm ausreißen.

»Was machst du denn? Das tut ihr ja weh!« rief ich.

Aber Mare lachte: »Einer Krabbe tut gar nichts weh; weißt du das nicht?«

»Warum hast du sie angehängt?«

»Ich will sie ansehen.«

»Und wenn du sie gesehen hast –?«

Mare löste mit großer Geschicklichkeit die Fessel und hielt das zappelnde Tier in die Höhe.

»Dann mach ich es so!« rief sie, und schleuderte die arme Krabbe mit solcher Wucht an die Klippe, daß sie in tausend Stücke zerriß.

»Krabben sind giftig«, sagte sie ruhig.

Ich widersprach, aber sie lachte mich nur aus.

»Du hast auch gesagt, du wärest eben drüben gewesen auf dem Festland. Das ist auch nicht wahr. Siehst du.«

Da hatte ich's.

Vom Kloster herüber bimmelte die Mittagsglocke; Mare sprang in den Kajic.

»Willst du mich nicht mitnehmen?« fragte ich, und stieg ein, »es ist ohnehin mein Boot.«

»Es ist meines,« belehrte sie mich, »ich hab' es mir heute früh genommen.«

Ich lachte: »Darf ich rudern, Fräulein?«

»Wenn du mich auslachst, werfe ich dich ins Meer!« grollte sie.

»Hoho!«

Ich stand auf, nahm sie mit beiden Händen, hob sie vom Rudersitz in die Höhe und setzte sie ans Steuer. Sie wehrte sich nicht, und als wir uns gegenübersaßen, war wiederum die tiefe, steinerne Ruhe in ihren Augen, die ich nun schon kannte als eines ihrer Merkmale, das sie von allen Mädchen unterschied. Wir schwiegen und sahen einander mit ruhigen Blicken an. Weder Frage noch Antwort war zwischen uns, kein Fordern, kein Verheißen. Es war ein Schauen, das nur Farben und Formen kennt, vom Mitfühlen nichts weiß und in der Freude am Sichtbaren das reinste Glück enthält. Von

Kindern kann man es lernen, in den Bildern einiger Maler lebt es. –
–

Am Strande unserer Insel kannte ich viele Steine, welche um diese Tageszeit zu leben begannen. Sie holten tief Atem, sangen und plauderten. Eben kamen wir an einem vorbei, den ich gut kannte, und ich sagte:

»Hörst du? Der Stein atmet.«

Mare wandte den seinen, dunklen Kopf.

»Er atmet nicht.«

Ich hielt die Ruder ein. Der Stein atmete laut.

»Hörst du?« fragte ich.

»Das sind die drunten; sie haben ein Fest.«

»Wer?«

»Weißt du das nicht?« fragte Mare. »Die Leute, die auf dem Meere sterben, sind nicht tot. Nur heraus können sie nicht mehr. Aber drunten leben sie und halten große Feste. Die Klippen, die da herausragen, das sind die Zinnen und Türme großer Paläste, die auf dem Meeresboden stehen. Da drinnen sind weite, gewölbte Hallen und lauter grünes Licht. Wenn die Ebbe kommt, sinkt das Wasser so tief, daß man zuweilen hören kann, wie die da unten lachen, plaudern, singen und tanzen.«

»Das ist schön«, sagte ich. »Die Fischer tanzen wohl alle sehr gerne?«

Sie sah mich einen Augenblick erstaunt an.

»Es ist das schönste!« sagte sie dann.

»Freilich,« sagte ich nachdenklich und zog die Ruder an, »wenn man tanzt wie du –.«

Wir sprachen nichts mehr. Sie hielt die Hand ins Meer und ließ das Wasser durch die Finger fließen.

*

Das war ein bewegter Tag für Mala. Am Morgen war der Trabakel hereingekommen und hatte uns das Mädchen Mare dagelassen, und als er abends über ein Meer von tiefgelbem Wein in die untergehende Sonne hineinfuhr und wir noch immer die winzige Silhouette des Tonin am Steuer auf dem flammgelben Himmel gezeichnet sahen, da fingen sich zugleich die tiefen Sonnenstrahlen in den Segeln der heimkehrenden Fischerbarken, die auf der andern Seite unserer weiten Bucht eben vor der Punta Pelova standen.

Da kam Leben in den Hafen und sprang von da ins Dorf in jedes Haus. Alle Ruderboote waren plötzlich im Meere draußen und schossen um die Wette den Fischern entgegen, Weiber und junge Mädchen standen am Ufer und winkten, kleine Kinder schrien lachend und streckten die Ärmchen aus, und der Dorfwirt rollte ein Bierfaß aus dem Keller hervor.

Langsam kam das Geschwader näher. Mit heller Freude wurden die einzelnen Segel erkannt: es fehlte keines, alle hatten den Sturm bestanden. Es wurde lauter, je näher die Schiffe kamen, und als sie heran waren, da gab es ein Fragen und Rufen, wie ich es noch nie bei den stillen Inselleuten gehört hatte. Es war eben ein besonderer Tag; ich fühlte es wie alle andern.

Einige Stunden später erreichte die Lust ihre Höhe. Wir hatten »Ball« im »Frankopan«, so hieß unsere Dorfschenke, die der brave »Ivan mit der Nelke«, Wirt, Kaufmann, Postmeister und Fleischhauer zugleich, bewirtschaftete. Er war der einzige rundliche Mensch in ganz Mala, ungemein beweglich an Augen, Zunge und Gliedern, und hatte fortwährend eine rote Nelke im Mund. Diese Nelke war das Barometer seines Innenlebens. War der Ivan ruhig, so hing die Nelke an ihrem fingerlangen Stengel schräg im Mundwinkel. Waren seine Nerven irgendwie gespannt, so stand die Nelke senkrecht zu den festgeschlossenen Lippen mitten im Mund. Bei gewöhnlicher Konversation rutschte sie je nach innerer Anteilnahme mehr oder minder schnell hin und her, und nur in den seltenen Augenblicken allergrößten Staunens nahm der Ivan die Nelke aus dem Mund, denn da stand dieser offen.

»Ivan mit der Nelke« hatte festliche Vorbereitungen größeren Stiles getroffen. Der Platz vor dem »Frankopan«, an der Gegenseite vom Meer begrenzt, war reingefegt, das Bierfäßchen lag auf einem

Stuhl neben der Haustür, und in gleichmäßiger Verteilung über den ganzen Platz waren drei Lampions aufgehängt, mehrfach angebrannt und wachsbetropft. Auf dem einen war das Bildnis des Kaisers von Österreich zu sehen, auf dem andern ein Sokol in rotem Hemd, der dritte war neutral in den Farben blau und gelb gehalten. Alles war darin einig, daß die Dekoration hervorragend wäre. Der Ivan war stolz darauf; seine Nelke spazierte von einem Mundwinkel in den andern.

Das Meer lag dunkel, wenig Sterne flimmerten, die Erde strahlte lebende Wärme aus; das war keine Nacht zum Schlafen. Das fühlten auch alle, und alle waren da. Der starke, schweigsame Danko, der nur im Sturm am Steuer lebendig wurde, und Memi, der Sänger; die braune Danica und mein Freund, die es am besten verstanden, was es heißt: jung sein und einander lieben ohne Frage. Da war der dunkle Ive, der ein Bauer war und kein Fischer und drinnen auf der Insel so viele Mädchen hatte, daß es keine recht wußte. Einen alten Bauern hatten wir gefunden, der die Ziehharmonika beherrschte, Vinko brachte seine Tamburitza mit und ich die Mandoline; auch war einer da, der die Holzpfeife blies: noch nie war ein solches Quartett auf der Insel gehört worden.

Es tat denn auch seine Wirkung.

Der Sand knirschte auf den Steinfliesen unter den harten Schuhen der Inselmänner, die Mädchen bekamen heiße Augen. Danko und Memi warfen sich gegenseitig ihre Mädchen zu und tauschten mit andern, so daß das Bild stets neu war.

Ich sah Mare neben dem Tisch stehen, wo die Alten saßen und tranken. Hie und da blickte wohl einer nach ihr hin, doch hatte sich bisher noch keiner herangewagt. Jetzt wankte der Ive an den Tisch und sah mit gläsernen, rotunterlaufenen Augen schätzend nach einer neuen Tänzerin. Da bemerkte er Mare. Sie stand neben ihrem »Pflegevater« Niko, dem Bruder des Tonin, und schaute mit ruhigen Blicken dem Tanze zu. Der Ive nahm noch einen tüchtigen Schluck, prüfte mit den Augen ihre Gestalt, machte ein paar unbeholfene Schritte, nahm Mare in seine starken Arme und riß sie hinein in das Stampfen, Schleifen, Drehen und Drücken, wo heißer Atem und lodernde Blicke die schwüle Meernacht zu empfinden und zu verstehen begannen.

Ich sah ihr lichtblaues Kleid schimmern, ich merkte, wie sie der wilde Bursche, andern ausweichend, an sich drückte, und eben als sie an mir vorbeikamen, versuchte er sie zu küssen. Da bekam er einen Schlag ins Gesicht, Mare wand sich blitzschnell aus seinen Armen, und der Ive, sehr gewandt in solchen Dingen, hatte ebenso schnell ein anderes Mädchen ergriffen, mit dem er weiterraste. Niemand hatte seine Schmach bemerkt, er selbst am wenigsten.

Ich sah nach Mare. Sie saß in meiner Nähe auf einem gerollten Tau, und ihre Augen waren so ruhig wie früher; nur ein leichtes Zucken der festgeschlossenen Lippen ließ mich ihre zornige Erregung erkennen. Der Memi wollte sie zum Tanze haben; sie wies ihn glatt ab. Erst sah er sie erstaunt an, dann lachte er. Sie blieb ruhig.

Die Nacht war völlig schwarz geworden, das Meer streichelte die Steine, der Reigen wurde wilder. Niemand hörte noch darauf, wie jämmerlich die Harmonika quiekte, wie die Pfeife schrie, wie die Stahlsaiten schrillten; niemand hörte auf das. Lust war aus der heißen Erde gesprungen, hielt die jungen Menschen umspannt und drängte sie aneinander, so daß diese Menschen aus Stein und Meer, die immer schwiegen und träumten, sich hinwarfen an die brünstige Nacht, tausend flammende Wünsche in den Augen, stammelnde Worte auf den durstig geöffneten Lippen.

Aber eine war, glühender als die andern, wilder, begehrender. Es war, als wäre in ihr die Luft von allen, als wäre die Erde in ihr, die heißatmende Erde, die Mutter der schillernden Sünde, die samtweiche Königin der Lüfte. Eine war wie der schwärmende Geist dieser Nacht: Das war das junge Weib des alten Rac.

Sie tanzte mit dem Paolo, sie tanzte nur mit ihm. Es war ein seltsames Paar. Kaum zwanzigjährig mochte sie sein, gedrungener und breiter als die meisten Frauen und Mädchen der Insel, schwarzhaarig, mit dunklen, heißen Augen, sinnlicher Stirn und starken Jochbögen. Die weichen, roten Lippen leicht geöffnet, hatte sie den Kopf zurückgelegt, so daß ihre volle Brust dem Paolo entgegensprang. Er war größer als sie und jünger, in allem ihr Gegensatz. Hellgelbe Haare und ein blonder Bartflaum umrahmten sein dunkelgebranntes Gesicht, aus dem zwei strahlende Blauaugen leicht lächelnd wie in eine weite Ferne über alles wegsahen.

Bald sah ich nur noch den schlanken, blonden Paolo allein in den Armen seiner heißäugigen Tänzerin, und immer mehr fiel es mir auf, wie fremd er ihr war und allen anderen. Auch ihn hatte die wilde, unbezähmbare Sucht nach dem weichen Meer aus der deutschen Heimat gerissen, wie schon ganze Völker von blauäugigen, blonden Menschen. Und wie die Tausende in der schmeichelnden Glut zergingen und verbluteten, unfähig, in dem schillernden, heißen Element eine Heimat zu finden, so sah ich diesen ewigen Kampf, dieses ewige Werben in den beiden Tanzenden verkörpert: Sinnraubendes Drängen zueinander, ewige Gegensätze und lauernde Feindschaft tief drinnen.

*

Aber noch einer sah nach den beiden mit einem scharfen, bösen Auge: Der alte Rac. Er stürzte ein Glas nach dem andern hinunter, hastig, immer schneller nacheinander.

Jetzt erhoben sich die Alten nach und nach und gingen, ohne erst den Versuch zu machen, die wild gewordene Jugend zum Heimgehen zu bringen. Vielleicht sprach mancher ein Stoßgebet zum heiligen Antonius, Aloisius, zur Santa Barbara und andern Patronen; die sollten zusehen und ihres Amtes walten! Dazu sind ja die Heiligen da, um einzutreten, wo Menschen nichts vermögen.

Sie gingen in die Nacht hinein, die Alten.

Nur der Rac blieb stehen und sah nach seinem Weibe. Erst nachdem er sie mehrmals laut angerufen hatte, blieb sie im Arm ihres Tänzers einen Augenblick stehen.

Sie solle mitkommen.

»Jetzt schon? Es tanzen ja noch alle.«

Sie solle nur kommen.

»Noch einmal herum.«

Und schon war sie wieder fort.

Der Alte knurrte, wankte zum Tisch und trank noch einen Schnaps.

Da nahmen ihn zwei Bauern in die Mitte und führten ihn langsam weg. Auch sein Weib und der Paolo waren plötzlich verschwunden.

Im Schatten der Weinlaube, die gegen das Meer hin stand, fielen sie einander in die Arme, wild und durstig, voll gegensätzlicher Leidenschaft, wie zwei schöne Tiere feindseliger Rassen.

Er bog ihren Körper weit zurück, sie schlug die braunen, nackten Arme um seinen Hals und biß ihm die Lippen blutig.

Endlich rang er sich los und sprang einen Schritt zurück. Vorgebeugt, mit halb erhobenen Händen und zuckenden Fingern standen sie einander gegenüber. Die blonden Haare des Paolo hingen zerwirrt in seine Stirne, die blauen Augen hatten ein wildes, fremdes Feuer gefangen.

»Laß mich du –,« sagte er heiser und drohend, »hörst du – laß mich –.«

»So geh doch«, höhnte sie.

»Geh du zuerst –!«

»Ich will nicht!« trotzte sie, und stampfte auf den harten Boden.

Und wieder warfen sie sich gegeneinander, wieder beugte er sie tief zurück, wieder zog sie ihn zu sich hinab.

»Du – du! Erwürgen will ich dich –!«

»Austrinken will ich dich –!«

Das Meer leckte weich die Ufersteine, ein fremdes Gleißen und Blinken war im dunklen Wasser. Nichts vom heiligen Gleichklang still beglückter Herzen war in dieser Liebe.

*

Der Paolo saß mit mir und Mare auf dem gerollten Tau; ich hatte das Spielen längst aufgegeben, nur die Harmonika quiekte noch hie und da auf. »Ivan mit der Nelke« räumte den Tisch ab, zwei von den Lampions waren schon dunkel, jetzt fing der letzte Feuer und verbrannte schnell in einer hochlodernden Flamme. Wenige tanzten noch. Da und dort verschwanden im Dunkel flüsternde Paare. Der Memi lag auf der Erde und sang.

Mare lehnte leicht an mir und zupfte leise in den Saiten der Mandoline. Der Paolo hatte den blonden Kopf in beide Hände gestützt und schwieg. In seinem Schoß lag das Seidentuch, für das er sein Leben gewagt hatte.

»Wo ist deine Tänzerin?« fragte ich.

»Daheim«, sagte er, ohne sich zu rühren.

Mare sah ihn verwundert an. Ich stand auf.

»Gehen wir!«

Es waren noch einige, die jenseits des Hafens wohnten; die kamen mit. So waren wir bald ein ganzes Rudel, mein Freund, Danica, Danko, Ive und Vinko waren darunter. Memi schwankte laut singend hinten nach; er brachte ein Kriegslied zu Gehör, wo's drauf und dran ging, da war er mitten im Schlachtgewühl, fluchte mächtig, hieb um sich, stolperte über einen Stein und fiel lang hin, worauf er, am Boden liegend, weiterkämpfte. Allmählich verklang sein Heldenlied.

Wir kamen am Hause des alten Rac vorbei, welches zum Teil in das seichte Uferwasser des Hafens hineingebaut war; wenige Schritte neben der Haustür war die Bootstiege. Es war noch Licht im Hause, und als wir näher kamen, hörten wir Lärm. Der Alte fluchte und schrie da drinnen; wir blieben stehen.

Der Paolo war neben mir. Wir hörten, wie der Rac sein Weib mit den schmutzigsten Worten beschimpfte, ein Stuhl fiel polternd um, er schlug nach ihr.

Da sprang der Paolo mit einem Satz in das Haus, riß den Alten aus seiner Kammer und stieß ihn so wuchtig aus der Haustür, daß der Rac rückwärtstaumelte und ins Meer plantschte. Wie ein riesiger Krebs kroch er auf allen Vieren aus dem Uferschlamm ans Land, zum johlenden Gaudium der betrunkenen Burschen, und verschwand im Dunkel gegen das Dorf hinauf. Der kriegführende Memi, dem er zuletzt noch begegnete, hielt ihn für den Feind und versetzte ihm einen klatschenden Hieb, dessen Wucht ihn selbst fast niedergerissen hätte. Die Burschen lachten; nur der Danko schwieg, und seine finsteren Blicke sagten deutlich, daß er allein die tiefe Schande des alten Einäugigen empfand.

Mare ging neben mir und schwieg. Ich hatte sie den ganzen Abend noch kein Wort sprechen hören. Plötzlich fragte sie mich, indem sie ihre Stimme zu einem Flüstern dämpfte:

»Warum schlägt der Alte sein Weib?«

»Er ist eifersüchtig«, sagte ich.

Das verstand sie nicht, und ich suchte es ihr zu erklären:

»Weil er sie liebt und nicht will, daß ein anderer die Hand nach ihr ausstreckt.«

Mare antwortete nicht. Nach einer Weile fragte sie wieder ganz leise:

»Warum reißt der Paolo den Alten von seinem Weibe weg?«

»Weil er sie liebt und nicht will, daß einer sie schlägt.«

Wieder schwieg das Mädchen und ging nachdenklich neben mir her.

Die andern hatten sich nach und nach verlaufen. Danica, mein Freund, Mare und ich standen vor dem Hause des Niko, welches neben dem unsern gleichfalls am Meere lag.

Aus der Ferne hörten wir Memi singen, eine Stimme antwortete von der Insel herab.

Der Mond war heraufgekommen, und das Meer leuchtete; weit draußen auf der blausilbernen Fläche stand ein Boot. Die Ruder hingen im Wasser, der einsame Schiffer rührte sich nicht. Es war der Paolo.

Und Mare flüsterte:

»Warum ist er da draußen?«

»Weil er sie liebt, Mare, weil er sie liebt –.«

*

Es kamen wieder die stillen Tage, in denen nur Sonne und Meer war – aber anders sah ich die Tage, anders Sonne und Meer. Ein Schimmer lag über allem, und alles sang. Liebe war vom Himmel gefallen wie ein Blütenregen, und alles lebte: Die Steine am Ufer, die schattigen Zisternen, die Häuser am Strand und die Schiffe im Hafen.

Ich machte mein Fenster auf und rief: »Guten Morgen!«, und jedes antwortete mir in seiner Art.

Da waren spitze Klippen und breite Platten, feindliche Steine und gutmütige, solche, die nach den Schiffen stachen und andere, die einem einladend entgegenblinkten. Hie und da reckten Meergreise die Köpfe aus dem Wasser, würdevoll, mit langen Bärten und halbgeschlossenen Augen, aber andere verhöhnten die Könige mit frechen Grimassen. Diese Plebejer zogen die Mäuler schief, zwinkerten bösartig oder listig und hatten schrecklich verbogene Nasen.

Ich kannte sie alle; es waren witzige Köpfe darunter.

Ich nickte auch vertraulich in den Hafen hinüber zu meinen lieben Bekannten. Da waren die Trabakel des alten Rac, breit und fest und selbstbewußt. Sie drängten die Boote einfach beiseite, die sich gekränkt in einer Ecke versammelten und schmollten. Da war auch die lange, schmale, schwarze Gondel, die ich nicht leiden konnte. Sie glitt wie auf Öl durch den Hafen und schob sich zwischen die breiten, gemächlichen Boote, wie ein streitbarer Jesuit in ein Konventikel wohlgenährter Klosterbrüder.

*

Ich ging die Bootstiege hinunter und rief meinen Kajic heran; ich rief ihn, wie man einen treuen Haushund ruft, und sprach mit ihm, während ich losband und die Ruder einhängte.

.,Wie hast du geschlafen, Alter?« oder »Wohin soll es nun gehen? Zur Punta Pelova? Das werden wir nicht machen können, lieber Alter.«

Hundert Jahre schwamm mein Kajic schon auf diesem Meer, er war der älteste in Mala; alle sagten es, und es schien auch so, denn er knarrte bei jeder Wendung und hatte beständig eine Hand breit Wasser.

»Wir werden also nach der Punta Chiaz fahren, Alter, das ist nicht so weit.«

Er war zufrieden damit.

*

Das Mädchen im blauen Kleide saß auf der Steuerbank und sang. Das war immer so. Es gehörte einfach zum Schiff, und ich wäre nicht ohne sie gefahren. Ich erinnerte mich auch gar nicht, daß es jemals anders gewesen wäre. Tausend Lieder sang sie mit weicher, dunkler Stimme über das Meer hin, immer in gleicher Stärke mit den Wellen; schwieg das Meer, so war auch das Mädchen still, und wenn die Brandung am wildesten tobte, so sang sie ebenso laut und schrie und jauchzte.

Es waren Kinderlieder und Regenmelodien, zuweilen auch ein schwermütiges Abschiednehmen zweier Liebender. Darüber lachte sie stets. Kraus und bunt waren die Geschichten, die sie mir halblaut erzählte, wenn wir abends an der Zisterne saßen; wer könnte sich das alles merken!

Da war die unheimliche Geschichte von dem Weib, das sein Heimatsdorf an die Pest verriet, damit diese sein einziges Kind verschone. Aber die Pest hat den Sohn der Verräterin zuerst umgebracht.

Mare freute sich sehr darüber.

Oder die seltsame Geschichte von dem lustigen Schuster. Der war stets betrunken, wenn er heim kam, und befahl seinem Weibe zu tanzen. Tanzte sie nicht, so schlug er sie so lange, bis sie sich drehte. In der Küche liefen die Töpfe über, die Katze stahl das Fleisch und die Kinder schrien nach Brot. Aber der Schuster klatschte vor Vergnügen in die Hände und sein Weib mußte tanzen, immer tanzen.

*

Einmal wollte ich ihr zeigen, daß auch ich erzählen könne, und gab die Geschichte von der armen Prinzessin Zora zum besten. Aber Mare lachte mich nur aus und schlug mich sofort mit einer wunderbaren Erzählung von einem schwarzen Schaf, das kleine Kinder fraß.

»Schafe fressen keine Kinder,« wandte ich ein, »deine Geschichte ist nicht wahr.«

»Sie ist wahr!« rief Mare, »ich habe das Schaf selbst gesehen; es war groß und hatte schreckliche Zähne und Augen!«

Ich lachte. Aber sie schrie:

»Du hast deine Prinzessin nie gesehen! Also lügst du, wenn du sagst, wie sie ausgesehen hat!«

An diesem Abend erzählte sie mir nichts mehr.

*

Es gab Abende, an denen ich meinen Freund nicht sah in dieser Zeit, in diesem Sommer, der voll Liebe war.

Die Terrasse lag im Silberreif des Mondes, aber niemand tanzte dort. Jeder ging leise Wege im Schatten der Häuser; der Ive schlich ins Dorf hinauf, der Memi in den dunklen Hafen hinab, und der schweigsame Danko ruderte ein stilles Boot die träumenden Klippen entlang. Jeder kam erst mit der Sonne wieder und brachte Freude und Leben wie sie.

Nur einen segnete der Sommer nicht, nur einem folgte die lispelnde Schande, wo er vorüberging, nur einer litt und rang den schwersten Kampf – bis er in einer Nacht, seine Habe unterm Arm, über die Insel wanderte hinüber in die Stadt, wo der Eingang in die Welt war: Der blonde Paolo war auf ein Kriegsschiff gegangen. In allen Fischerhütten und Hafenwinkeln erzählten sie seine Geschichte mit halbverstehender, scheuer Achtung. Er hatte gesiegt.

Den alten Rac und sein junges Weib sahen wir nur selten. Und Mare fragte mich:

»Warum geht der Paolo auf ein Kriegsschiff, warum geht er von ihr fort, wenn er sie liebt?«

»Man nennt es entsagen –«, sagte ich.

»Was ist das?« fragte sie.

Ich streichelte ihr übers Haar.

»Eine Tugend, Mare, die harte Tugend der Menschen mit blauen Augen und blondem Haar –.«

Sie schüttelte den Kopf und schwieg.

*

Wie rote Karfunkel waren die Tage, aneinandergereiht an der Silberkette der Nächte.

Am Morgen rief ich nach dem Hause des Niko hinüber:

»Heiho! Die Sonne ist da!«

Und es antwortete mir ein Trällerlied, wie wenn die kleinen Wellen über den Sand hüpfen.

Ich stand auf dem Molo und rief:

»Weißt du schon? Heute ist Jahrmarkt drüben in der Stadt.«

Sie kam aus dem Hause im meerblauen Kleid, dessen Stoff ein chinesischer Weber mit spitzen Fingern gefertigt hatte, irgendwo in Shanghai drüben.

»Ich brauche es nur zu sagen, und sie bringen mir alles, was auf dem Meer erreichbar ist.«

Die Korallen, die sie am Hals trug, hatte ein brauner Kerl aus dem Roten Meer geholt, und ihre Schuhe waren aus weichem, roten Leder, wie es die arabischen Schuster in Alexandrien haben.

»Kommst du mit? Wir gehen gleich mit den andern.«

*

Das ganze Dorf war schon frühzeitig über die Insel gegangen. Die kleine alte Stadt mit den vielen Kirchen, in denen Bilder altitalienischer Meister hingen, war ein einziger großer Markt. Aus allen Dörfern waren die Bauern und Fischer gekommen, und jeder brauchte was. Auch die Franziskaner aus dem stillen Kloster waren da.

Ich verlor mich in der Menge, kam immer mehr vom Markte fort und endlich in einen stillen, höher gelegenen Stadtteil, wo es prächtige alte Häuser gab, die fast alle noch den Löwen des heiligen Markus über dem Tore trugen.

Im innersten Winkel der Altstadt ist eine enge Gasse und ein kleiner Platz, wo nur Goldarbeiter sind. Es flimmert und gleißt in allen Fenstern: Lange Ketten, Reifen, Spangen, Ringe –.

Ich kaufte eine feingedrehte Goldkette, steckte sie in die Tasche und ging. Es kam mir selbst unvermutet, und ich wunderte mich ein wenig darüber.

Es gab noch Straßen, wo keine Menschen gingen; sie führten zur Kirche hinauf, die an der alten Festungsmauer stand. Der Vorplatz, von einem säulengetragenen Dach überdeckt, war gegen das Meer hin von einer niederen, breiten Steinmauer umsäumt.

Darauf sah ich Mare sitzen. Sie schälte eine Orange und warf die Schalen über die Festung ins Meer hinab.

»Was machst du allein hier oben?« fragte ich.

»Nichts.«

»Was hast du dir drunten gekauft?«

Ich deutete gegen den Markt, dessen Lärm schwach heraufdrang. Mare hatte sich eben den Mund vollgestopft und wies als Antwort eine zweite Orange vor.

»Sonst nichts?«

Sie schüttelte den Kopf. Ich holte meine Goldkette hervor.

»Sieh her,« sagte ich, »ich habe dir was mitgebracht.«

Mare sah die Kette aufmerksam an.

»Sie ist schön«, sagte sie.

»Komm, ich will sie dir umhängen.«

Mare beugte den Kopf, und ich warf ihr die Kette über. Sie zitterte ein wenig. Ich bemerkte die Korallenschnur und sagte:

»Willst du mir nicht ein paar Korallen geben – zum Andenken.«

Sie lachte kurz und sah aufs Meer hinaus.

»Wenn du willst –.«

Als ich den Faden lösen wollte, schob sie meine Hand weg und nestelte und zerrte an der Schließe herum; plötzlich riß die Schnur, die Korallen rannen flink an ihr herab und sprangen die Festungsmauer hinunter ins Meer. Nicht eine blieb zurück. Wir waren beide so erschrocken, daß wir kein Wort sagen konnten; mit einem Mal aber barg Mare ihr Gesicht in beiden Händen und weinte bitterlich.

Mare, Mare, warum hast du geweint –?

*

Wir gingen hinaus in die weiten Steinfelder, wir hielten einander an der Hand und schwiegen. Alles war wunderbar tief und still, die Sonne, die Steine und das Meer.

Die Sonne will untergehen – siehst du?

Noch einmal sendet sie ihr schönstes Licht der Erde zu. Sie muß die Erde sehr lieb haben. Es ist, als strahlte Liebe aus einem leidenschaftlichen Herzen, als weinte ein bohrender Schmerz tief drinnen, während der Mund lachende Abschiedsworte spricht.

Es ist, als stürbe eine junge Mutter.

Die weiten, glühenden Steinfelder atmen, wie eine Menschenbrust am Abend einer heißen Leidenschaft. Ein spitzer Kirchturm weist zum Throne Gottes. Die Steinwüste sinkt ins Dämmerlicht, grau, violett, wie der Rauch einer weiten Brandstätte. Die verstreuten Bäume und Strauchgruppen sehen aus wie weidende Schafe. Sie ducken sich zusammen; der große Baum dort ist der Hund, der Kirchturm ist der Hirte.

Die Sonne ist hinunter. Noch glüht der Himmel im ersten Scheideschmerz. Die Heide ist dunkel. Zwei Holzpfeifen locken, die Landleute tanzen im Schein der Papierlaternen. Der Reigen wird wilder, je tiefer die Nacht sich senkt.

*

Ein Eselsfuhrwerk kam uns vor; auf dem Wägelchen schlief »Ivan mit der Nelke«. Wir setzten uns zu ihm, der kaum erwachte, und kamen so lange vor den andern nach Mala zurück. Der Esel brachte den schwerbetrunkenen Ivan sicher und gut in sein Haus. Das Dorf war still und dunkel; die Leute von Mala kamen wohl erst morgen heim.

Wir setzten uns auf die Terrasse; es war finster und schwül, kein Stern und kein Hauch. Nur selten schrillte eine Zikade, das Meer glitt über die Steine und gurgelte leise zurück.

Mare stand vor mir, streckte den herben Körper und breitete die Arme aus.

»Ich möchte tanzen«, sagte sie.

Da holte ich die Mandoline und spielte ganz leise unsern Tanz.

Zurückgebeugt, mit weit ausgestreckten Armen, begann sich das Mädchen zu drehen, feierlich, als trete sie in ein Heiligtum, waren ihre ersten Schritte. Plötzlich aber schoß eine Welle durch ihre Gestalt, sie schwang sich in wilder Lust um die Terrasse, streifte die Kleider ab, warf sie alle von sich und löste mit einem Griff das schwere, braune Haar.

Ich hatte zu spielen aufgehört.

Mare bewegte sich jetzt in ruhigen, wunderbar schönen Rhythmen. Sie tanzte mit dieser Nacht, mit dem Meer, frei und allverwandt, völlig eins mit der heißen, halberwachten Sehnsucht in Land und Volk und Lied am träumenden Strand.

Ein Wunder nennt dich der alte Tonin, ein Wunder? Du jubelst im Sturm, du lachst, wenn die Sonne scheint, du singst mit den Wellen und schweigst mit ihnen. Und wenn die Nacht sich senkt und Farbe und Klang sich verbergen, dann flüsterst du selten eine scheue Wort. Wenn du es aber nicht sagen mehr kannst, nicht mehr singen und jauchzen das Leben und Drängen in deiner Brust, dann wirfst du die Arme hoch und schwingst dich im Tanze.

Du bist wie das Meer vor dem Sturm, das tote, lebende, das unberührte, das sehnsuchtsvolle. Du bist kein Wunder, Sturmschwalbe, Braunkind, du mit den ruhigen Augen, du mit der klaren Stirn, du bist kein Wunder . . .

*

Mare blieb stehen.

Von der weißen Terrasse hob sich ihr dunkler, feingliedriger Leib, die Haare flossen über die Schultern, die dünne Goldkette schimmerte an ihrem Halse. Plötzlich griff sie mit beiden Händen in die Kette, riß sie mit einem Ruck auseinander und schleuderte sie mit pfeifendem Schwung ins Meer hinaus, das sie glucksend verschluckte. Im selben Augenblick war das Mädchen vor mir auf die

Knie gefallen und barg den Kopf auf ihren Armen in meinem Schoß. Meine Hand lag auf ihrem Haar, ich fühlte ihr kleines, wildes Herz pochen. Schweigen war überall. Lange blieben wir so, bis mir ihr tiefer, ruhiger Atem sagte, daß Mare fest eingeschlafen war. Da hüllte ich sie leise in das weiche, blaue Kleid, nahm sie auf meine Arme und trug das schlafende Kind hinüber ins Haus des Niko, wo ich sie sanft in ihre Kammer bettete. Halb im Traume hatte sie die Arme fest um meinen Hals geschlungen. Als ich sie löste, wachte Mare ein wenig auf, sah um sich und sagte leise, indem sie die Augen wieder schloß:

»Ich danke dir –.«

»Gute Nacht, Mare –.«

*

Fern von der Insel herab kam der trunkene Sang heimkehrender Fischer. Vor der Punta Chiaz weit draußen auf dem schlafenden Meer glühten zwei Lichter: grün und rot.

Zwei Pfeile schossen in meine Brust; der eine war grün, der andere rot. Eine Schlange biß nach meinem Herzen; sie hatte zwei Augen – grün und rot.

*

Am Morgen war der Trabakel herinnen. Der alte Tonin ruderte ans Ufer. Er gab mir die Hand und fragte nach Mare.

»Ich glaube, sie schläft noch; wir kamen gestern spät vom Jahrmarkt heim –.«

Er sah mich fragend an. Ich gab ihm die Hand und sagte:

»Sie schläft noch, Tonin.«

Er ging zu seinem Bruder Niko, ich wanderte hinüber nach der Draga Haludova und weiter, immer weiter, die Klippen entlang.

Hinter den Bergen des Festlandes stand ein Gewitter. Ich kletterte die Klippe hinab zum Meer, sprang von Stein zu Stein, bis ich den letzten erreicht hatte, der, rings vom Wasser umgeben, sich wenig über dieses erhob und kaum für mich Platz genug hatte. Kein Schiff, kein Mensch weitumher, nur Stein und Meer und Sonne. Ich schöpfte Wasser mit beiden Händen und ließ es über meine Brust rieseln. Ich sah in das Meer, ich sah auf das Meer, ich sah über das Meer weg zu den Bergen.

Ich bin ein Berg, du bist das Meer – Mare!

*

Als ich ins Dorf zurückkam, stand die Sonne tief. Ich war über die Steine gegangen, durch harte Dornsträucher, durch tote Dörfer, deren Bewohner vor vielen, vielen Jahren vor dem Fieber geflohen und ausgewandert waren.

Ich saß lange Zeit auf der steinernen Treppe eines halbzerfallenen Hauses und dachte an die, die vor dem Fieber hatten fliehen können. Der Paolo fiel mir ein, der auf ein Kriegsschiff gegangen war –.

Ich kam von der Insel herab ins Dorf.

Der Ive kauerte auf dem Feld und riß Steine aus dem Boden. Er fluchte zornig bei seiner Arbeit.

Der alte Rac kam mir entgegen; er wich aus, als er mich sah.

Es war ein schwerer Tag.

Aus der Ferne sah ich Mare schnell in das Haus des Niko gehen.

Hatte sie mich gesehen?

Die Küche war leer, niemand war im Hause zu finden. Ich ging auf den Molo hinaus und Mare kam mir entgegen. Sie erschrak, als sie mich sah, aber ich ging auf sie zu und nahm ihre Hand.

»Lebe wohl, Mare –«, sagte ich.

Sie sah mich nicht an.

»Lebe wohl«, sagte ich noch einmal.

Da bemerkte ich, daß sie geweint hatte; wieder zuckte es um ihren festen Mund, ihre Augen blinkten.

»Weine nicht, Mare –.«

Da hatte sie sich zornig losgerissen und sprang in ein Boot hinab. Sie ruderte nach dem Trabakel hinüber, wo die Söhne des Tonin eben die langen Ruder einhängten.

Der Alte kam aus dem Hause seines Bruders.

»Wir müssen in den Wind hinausfahren«, sagte er, und gab mir die Hand. Wir sahen uns in die Augen und schüttelten einander fest die Hände. Dann fuhr auch er hinüber.

*

Sie hatten alle Leinwand aufgezogen, ruderten langsam ins offene Meer hinaus und sangen ein altes Lied.

Der Niko und seine Leute standen am Ufer und winkten, ich saß auf dem runden Steinblock und rührte mich nicht.

Mitten auf dem Verdeck stand das Mädchen im blauen Kleid, das die Korallenschnur verloren hatte und die Goldkette nicht tragen wollte –, das immer lachte, so oft es ein Lied sang vom Abschiednehmen zweier, die sich liebten.

Sie sang nicht und lachte nicht, sie lehnte – die Hände im Rücken – am Mastbaum, als wäre sie dort angebunden, und sah zu uns herüber, regungslos und still.

Das Lied der Schiffer verklang –, weiter und weiter glitt der Trabakel.

Jetzt stand er vor der Punta Haludova, dort, wo wir ihn vor einer Woche eingeholt hatten.

Nun fing ihn der Wind.

Das gelbe Großsegel mit dem rostbraunen Fleck blähte sich, schnell ging es die hohen, weißen Klippen entlang.

Noch sah ich das blaue Kleid flimmern – noch –.

An der Punta Chiaz verschwand das Schiff.

*

Das Gewitter, welches den ganzen Tag hinter den Bergen gelauert hatte, stieg nun empor und lag drohend über uns. Es kam nicht.

Es zog hinab in das Land Dalmatien.

Über tredition

Eigenes Buch veröffentlichen

tredition wurde 2006 in Hamburg gegründet und hat seither mehrere tausend Buchtitel veröffentlicht. Autoren veröffentlichen in wenigen leichten Schritten gedruckte Bücher, e-Books und audio-Books. tredition hat das Ziel, die beste und fairste Veröffentlichungsmöglichkeit für Autoren zu bieten.

tredition wurde mit der Erkenntnis gegründet, dass nur etwa jedes 200. bei Verlagen eingereichte Manuskript veröffentlicht wird. Dabei hat jedes Buch seinen Markt, also seine Leser. tredition sorgt dafür, dass für jedes Buch die Leserschaft auch erreicht wird.

Im einzigartigen Literatur-Netzwerk von tredition bieten zahlreiche Literatur-Partner (das sind Lektoren, Übersetzer, Hörbuchsprecher und Illustratoren) ihre Dienstleistung an, um Manuskripte zu verbessern oder die Vielfalt zu erhöhen. Autoren vereinbaren direkt mit den Literatur-Partnern die Konditionen ihrer Zusammenarbeit und partizipieren gemeinsam am Erfolg des Buches.

Das gesamte Verlagsprogramm von tredition ist bei allen stationären Buchhandlungen und Online-Buchhändlern wie z. B. Amazon erhältlich. e-Books stehen bei den führenden Online-Portalen (z. B. iBookstore von Apple oder Kindle von Amazon) zum Verkauf.

Einfach leicht ein Buch veröffentlichen: **www.tredition.de**

Eigene Buchreihe oder eigenen Verlag gründen

Seit 2009 bietet tredition sein Verlagskonzept auch als sogenanntes "White-Label" an. Das bedeutet, dass andere Unternehmen, Institutionen und Personen risikofrei und unkompliziert selbst zum Herausgeber von Büchern und Buchreihen unter eigener Marke werden können. tredition übernimmt dabei das komplette Herstellungs- und Distributionsrisiko.

Zahlreiche Zeitschriften-, Zeitungs- und Buchverlage, Universitäten, Forschungseinrichtungen u.v.m. nutzen diese Dienstleistung von tredition, um unter eigener Marke ohne Risiko Bücher zu verlegen.

Alle Informationen im Internet: **www.tredition.de/fuer-verlage**

tredition wurde mit mehreren Innovationspreisen ausgezeichnet, u. a. mit dem Webfuture Award und dem Innovationspreis der Buch Digitale.

tredition ist Mitglied im Börsenverein des Deutschen Buchhandels.

Dieses Werk elektronisch lesen

Dieses Werk ist Teil der Gutenberg-DE Edition DVD. Diese enthält das komplette Archiv des Projekt Gutenberg-DE. Die DVD ist im Internet erhältlich auf **http://gutenbergshop.abc.de**

MIX

Papier | Fördert
gute Waldnutzung

FSC® C083411

Zeitfracht Medien GmbH
Ferdinand-Jühlke-Straße 7
99095 Erfurt, Deutschland
produktsicherheit@kolibri360.de